KB106528

이백 년 겨울

이백 년 겨울

초판 1쇄 인쇄 2015년 1월 19일
초판 1쇄 발행 2015년 1월 26일

지은이 최 신 규
펴낸이 손 형 국
펴낸곳 (주)북랩
편집인 선일영 편집 이소현, 김진주, 이탄석, 김아름
디자인 이현수, 김루리, 윤미리내 제작 박기성, 황동현, 구성우
마케팅 김회란, 이희정
출판등록 2004. 12. 1(제2012-000051호)
주소 서울시 금천구 가산디지털 1로 168, 우림라이온스밸리 B동 B113, 114호
홈페이지 www.book.co.kr
전화번호 (02)2026-5777 팩스 (02)2026-5747

ISBN 979-11-5585-467-9 03810(종이책) 979-11-5585-468-6 05810(전자책)

이 도서의 국립중앙도서관 출판예정도서목록(CIP)은 서지정보유통지원시스템 홈페이지(http://seoji.nl.go.kr)와 국가자료공동목록시스템(http://www.nl.go.kr/kolisnet)에서 이용하실 수 있습니다.
(CIP제어번호 : CIP2015001709)

최신균 지음

북랩 book Lab

서문

변변치 않은 글이지만 써보았습니다.

첫째는 어머니를 기록하기 위해서였고, 둘째는 어머니와 대한민국이라는 땅 위에 심겨진 저와 제 형제들을 기록하기 위해서였습니다.

지금 이 순간에도 얼마나 많은 어머니들과 아버지들, 그리고 형제들이 상처와 생존이라는 짐의 무게를 견디기 위해 버둥거리고 있을까요.

우리가 이제는 얼마나 아픈지, 왜 아픈지 얘기를 해도 되는 때가 되지 않았나 해서, 못난 글이나마 적어두고 싶었습니다.

무작정 괜찮다, 힘내자, 그러지 말기로…. '아, 참 아프구나, 그럼에도 불구하고 나는 살아버린다.' 이렇게 다짐하는 걸로 굳게 딛고들 일어섰으면 합니다.

비단으로 덮은들 상처가 저절로 낫겠습니까. 정면으로 마주하고 환부의 고름을 짜내고 봉합하려는 의도로 펜을 들고 일 년간 쓴 원고들을 모았습니다.

시작은 쉽지 않아 참 많이 북적대는 심경을 겪었습니다만 이제는 제 모든 아픔, 그리고 상처와, 고난과 역경을 물려준 이 나라와, 태 안에 담아 꺼내어 길러주며 이백 년의 겨울을 넘겨준 부모세대에 지금 이대로도 충분히 감사드립니다.

저의 필명은, 다른 병사들을 살리려고 대신 혼자 불발탄을 길 위에서 거둬내다 한국전 중에 순직하신 외조부의 존함을 따왔습니다. 이렇게라도 분단의 상처, 아버지, 아들, 남편을 잃은 상처가 여미어지기를 바라며, 사랑하는 어머니께 이 책을 드립니다.

많은 어머니들께 위로가 되기를 바라며

저자 최신균 드림

차례

젊은이야

어머니

연인아

벗아

아, 하느님

이백 년 겨울

이백 년 겨울

하마 이백 년도 안 된 이야기야 울 얼둥애기야

춥다 칼바람 새는 저 문을 닫아라 쥐새가 구멍으로 들어오면 할미가

경을 치노라

하아 그 시절 반도나마 부쳐먹던 땅뎅이가

팔려갔더랬지 화냥년같이 저울 위에 올라서며 값을 매겼어

벌거벗겨져서

로서아 놈들이 한 푼
양키 놈들이 서 푼
청나라가 두어 푼

춥다 얼둥애기야 할미 방금 쥐구멍에서 도적떼 옷깃소리 들었네

그러다 왜놈이

양푼에 훔쳐 담은 동치미같이 들어 마셨는데 쨍그랑 쨍그랑 돈
소리

신이 나서 돈을 쓸어 담고 장구장구 쳐대며 홍이 난 무리가 있
었지

길도 넓혀라 병원도 세워라 함께 장사도 해보자꾸나 이 가난한
자야

내 손 잡아라!

그러길래… 얼둥애기야 아직 칼바람 들어오는구나 할미 뼈 시
린다

잡노라 집도 주고 내 조선이름도 줬더니만 그 신식 조선양복쟁
이들

로서아 양키 코쟁이들 가운데 가르마 왜놈들 죄 몰려가 잔치를 해

얼둥애기야 부서진 문은 아직이냐

네 애비 새경은 그놈들에게 받아라

환생해도 안 되는 것이오

하물며 개가 맞아도 동네가 시끄러웠다

몇 번이나 경계를 지우고 다시 세운 나라인가

부끄러워 달이 지고 차는 것도 못 보겠구나

개 맞는 소리가 사람 맞는 소리되어

끊이지를 않는다

아직도 백성이냐 조선목이쉬어 갈라져 노래를 해

왕후장상의 씨가 따로 있소 나 사람이다 외친 소리

아직도 구천을 떠돌고 휘감고 흐느끼는구나

먹이는 뺏지 말아야지 그 찬 손에서

돌려다오 이 땅을

반쪽이 된 나라를 한 번 더 접어 동으로 서로 나눠 미워해라

반쪽이 된 것도 모자라 위로 미워하고 옆도 미워해라

안 그러면 너는 나쁜 백성이로고

찬 손에서 밥을 뺏고

발에서 신을 벗겨

이젠 어디로 내모는가 동굴인가 해안가인가 이름 모를 계곡인가 터널인가

우리를 모다 모아 정리하던 그 총성을, 그 부르던 소리를 그 혼내던 소리를

아직 잊지 않았다 나는 그리고 내 자식은 구천을 십만 번 돌아
다시 태어나도

이 나라의 주인은 못되는 것인가

태어나라 그대

눈부셔라 그대 천 개의 분열과 만 개의 두드림을 맞은 자야

저어기 시퍼런 새벽빛을 보아라

저것이 너의 나라다

아 시려라 그대 뒤틀고 용트림하며 마침내 제 발로 선 자야

그 땅이 너의 땅이요 유산이다

달려라 서 있지 말고

북을 치며 쉬지 말고 가라
등 뒤에 너의 후예가 달음질친다
멈추지 마라 후회하지 마라 겁내지 마라 심장이 터져도 숨을 쉬
어라

고랫적 흙 빚고 나물 캐며 맨발로 밭을 일구던 네 고향의 어머니

들리지 않나 그 기뻐 웃고 구르는 소리가

그래 굴러라 그 두 맨발을 저 밑에 밑에 묻히어 백골도 남지 않은

그 오래된 어머니를 깨워라 고목 같은 얼굴에 물을 부어라 눈을 번쩍

어깨를 와들짝 일으켜 저 하늘에 머리칼을 휘날리게 물을 부어라

눈부셔라 그대 천 개의 분열과 만 개의 두드림을 맞은 자야 그 끊이지 않는 영겁의 영혼아

하늘문을 열어라

채우소서

그 한없는 자비의 빛을

학살당하는 구덩이에 채우소서 영을 꺾어 분지르는 단두대에 채우소서

불러주소서 느끼며 흐느끼며 떠난 혼들을

그 이지러진 혼들을 모다 모아 다시 다져주소서

하늘문을 열어라 눈물과 피가 두텁게 내려앉아 돌쩌귀도 들러붙어 벽같이 뚝 허니 서 있는 저 큰 문을
열어라 어금니가 부서져라 힘을 내라 괜찮다 열리리라 저 문이 마침내 열리어 터지듯 빛이 흐르리라
침묵하던 혼들을 흔들어 깨워 잊혀진 역사의 얼룩진 장을 써내려가라 잠들 사이도 없다 그 빛 찬연하구나

우둥둥둥둥 심장이 울어 소리한다 바래고 부서진 책을 꺼내 넘겨나간다 어디서 이 손 꺾여 쓰지 못하였더라
산들 초목이 반겨준다 이 물 이 밥 이 열매의 생그런 모습들아 그리워했노라 열리지 않는 문 사이에 들러붙어
아 그 시절 이름도 소용없고 내가 누군가 묻지도 않았더랬지 나는 옆집 말간 아이과 함께 저 구덩이 들어갔었다!

빛이 어둠의 눈을 멀게 하리라

빛이 어둠의 손을 꺾어 태우리라

빛이 어둠의 심장을 꿰트리리라

빛이야말로

어둠의 두려움이요 열리지 말아야 할 판도라였더라

너희들이 가둔 그 진실이라는 계집

아 빛이야말로

어둔 시대의 시커먼 흉가에 사람을 불러들여 살게 하리라

두려워 떠나라 흑막으로 가려진 성채야

땅의 아들들을 전쟁터에 내몰았던 그 멀쩡하기만 했던 성채의 주인아

너의 촛불을 해가 가렸다

그놈을 이해하며

그 무렵 아무도 모르게 아들과 딸들을 데려다 낫으로 베어 땅에 함부로이 버리는 이들이 있었다

아 왕의 신발이요 왕비의 허리띠와 같은 이들이어라

어무이 어무이 허부적 허부적대며 허공을 할퀴다 짠내가 콸콸 솟는 핏덩어리를 봄철 논에 대인 물같이 토해내고는

곧바로 그 육신이 허허벌판 거치로운 맨땅 위에 패대기가 쳐져서 꺼위꺼위 까마귀가 날아들고 나서 한참이었다

허어옇게 살이 발려져서야 어무이 손에 들려진 그 뼈 한 모다기에는 미안하다 쪽지 한 장이 없었구나 이 천벌을 작정한 이들아

그래 허둥지둥 구석으로 숨던 아를 잡아다가 왜 죽였고 왜 물속에 넣고 전기로 지지고 칠성판에 붙잡아 고기모냥

때리고 머리채를 잡고 이빨을 부수며 울며 아니라 아니라 가로질 치는 아이의 뺨을 세차게 내리쳤소 이 양반 물었더라

나는 국가를 사랑했노라 나는 국가의 지시를 받았노라 나는 그것이 애국이었노라 당신 아들은 그저 그 시대 빨갱이였소

하아 하아 내 아는 가방 메고 학교에 갔었더랬습니다 그것이 전부요 으어어어 그 아는 굶는 이들이 불쌍해서 그런 것이라

하느님 저의 하느님 어찌하여 저이에게 하느님 종의 이름을 주셨나이까 정녕 이 땅에 정의는 없고 불법이 흑막같이 내리어

저는 그저 먹이로 태어난 것입니까

부끄럽고 춥더이다

어둠에 어둠을 더하면 무엇인가 했더니 심지어 손에 잡히는 흑막이다

흐물흐물 손에도 잡히고 발에도 채여 이제는 아이의 눈꺼풀에도 내려앉았다

빛이여 바람이여 아 물이여 따수한 땅이여 두 동강도 모자라 조각조각 나 배고프다 억울하다 아우성치는 이 작은 나라

대륙의 대문이었던 땅을 잃고 반도가 되어 내려앉았다가 다시 반도의 반쪽이 되어 밤톨만한 섬도 빼앗긴 이 미천한 나라

면천케 하여 주소서

사람을 뺏기는 수모는 말로 적어 무엇 할까 젖살이 여물지도 않은 소녀마저

손에 보퉁이 하나 들려 군용트럭에 실려 보내 돈을 벌어 돌아올 줄 알았더니

면저고리 찢고 기다랗고 기다란 군도를 등 뒤에 겨누어 군복 입은 일본인들이 충성하라며 윤간을 했습니다 천하기 짝이 없다며

그 작은 손이 어데서 나왔는지 아시오 도자기 빚고 금관을 만들어 가야를 세우고 고구려땅을 가로지르던 그 태에서 나온 손인데

들이대는 칼을 막다 가로줄만 패였습니다

이제라도 건져 주십시오

이제라도 살게 해 주십시오

아 이 지워지지 않는 손바닥의 가로줄, 내 땅의 가로줄, 거기에 동과 서로 나누어 놓은 그 세로줄을 모두 모두 지우고서

이제라도 군도에 찢겨 해진 저고리를 여며 입게 해 주십시오

발에 내가 채이거든

말쑥하게 잘 빠져놓은 길 위를 걸어갈 때에 어디선가 추레한 낙엽이 떨어지거든 그것이 피난가다 넘어진 아이의 무릎인 줄 알라

미처 동여매지도 못하고 잡은 어미의 손을 놓쳐 살과 마음이 채 갈라지지도 않은 그 아이가 이리저리 채이던 땅인 줄을 알라

빌딩의 불빛들이 눈이 부시어 그 밑의 무허가 난민촌이 보이지 않거든 허위허위 거적때기에 말려 떠난 네 아비의 아비를 떠올려라

배가 부르냐

제 아이를 묻으면서 고깃국에 넣는 고기를 떠올려야 했던 찢어지는 심장이 여기를 떠나서 이제 배가 기어이 부르냐

오 그래 너는 이제 마냥 천국의 아이로구나 징을 울려 전쟁이 끝났다고 고하여라

기억하느냐 철도를 뺏기고 숟가락에 문고리까지 뜯어가던 그 날을

만일 기억나지 않거든 저어어 멀리 북간도에 맨발로 쏟아놓은

네 어미의 어미의 어미를 떠올려라 어딘가 한 군데에

그 어미의 지저귀는 고통이 날고 있다

배가 부르냐

배가 부르냐 지금 너 양지의 아들아 내 딸아

이상하다 나는 조선반도가 멀쩡할 때도 배가 고팠는데

너는 반쪽짜리를 물려받고도 배가 부르다 하니

참으로 달갑고 서늘한 세상이다

나를 닮지 않은 저 새 나라의 자손아

청산이다

귀갓길에 곰곰이 생각을 해 보았다
나를 반기는 이가 무엇이냐 나에게 무엇이냐
벽에 티칵태칵 돌아가는 시계가 물끄러미 들여다보는데
거기 내가 누구냐 또 우둑하니 서서 묻는다

아 실랑이를 수도 없이 했었다 현대를 살며
주어진 제사상 주어진 공부상 하다못해 길쌈틀
그나마 주어진 시대에 나는 아마 사계절이 시계였을 터인데
자유다 민주다 평등이다 피곤하다 못해 시끄러

그래서 내가 누구냐
또 날 반기고 참으로 마땅히 여겨주는 것이 무엇이냐
묻고 또 묻다 새파랗고 시퍼런 청년기를 보내고 말단에 또 서서
묻는다

마땅하게 갈 길이라 한다면 천한 자리 낮은 자리를 면하는 길이
라고

전쟁을 뚫고 온 허줄그레 지친 어미 아비가 말을 해 주더라

와락 와락 달겨드는 이 무한한 공포는 아마도 찢어발겨지던 나라땅 오래된 습성인가

양심이냐 친일이냐 가르던 잣대는 이긴 쪽이 깃발을 잡아 친일 두 글자 지워놓으니 간 곳이 없고

전통이냐 신식이냐 나누던 잣대는 나랏법을 이 나라 저 나라에 내어주고 났더니 찾을 길이 없었다

시계를 지르륵 돌려 돌려 나는 어느 한순간엔가 다시 가 서 있었다

신문자락이 조각조각 나뉘어 거리를 휘나리고 지나던 그 시간

생각할 여유도 없이 먹을 밥을 찾아 헤매던 그 시간

그렇게 손과 발을 뺏기던 치욕의 시간 위에

다시 나를 돌려놓고 생각해보니

나를 반겨주는 그 무엇은

청산이더라 청산이더라 이 푸른 나라 청산이더라

미처 못한

청산이더라

일본의 태양

그대 머무는 곳에 한 줄 유언을 적어남기라
거북이가 천년을 목을 내밀지 않아 사방바다가 우르릉 우르릉 우는데 용도 머리를 못 내미는 시대의 길 위에서라도
그대 머무는 곳에 기어기어 가서 길을 내어두라
거북아 거북아 머리를 내밀어라 그렇지 않으면 잡아먹겠다던 족속무리는 뭐 그리 창대했던가
먹을 것이 없어 축 늘어지는 아이의 몸에 온기가 물러나는 것을 보는 어미아비가 할 일이 무엇이었을까 하늘을 여는 수밖에
그래 거북아 거북아 머리를 내밀지 않으면 정녕코 이 혼을 살라서 수단을 마련하리라 다짐을 해두지 않았나
그대 머무는 곳에 벽이 높게 서 있거든 그 위에 글을 새기라
그대 머무는 곳이 사방이 막힌 방이거든 그 방에 머리칼을 잘라 신을 삼아두라
그대가 머무는 곳에 빛이 들지 않거든 노래를 해라 그 빛이 놀라 서둘러 달려오게

아 그대가 머무는 곳의 그 마지막까지 아무 소리도 들리지 않다면

주워 섬겨라 거북아 거북아 머리를 내밀어라 거북아 내 거북아

동쪽의 해 뜨는 나라

그 해를 섬에서 가져가 원래 내 해였다 하더니

이제는 섬도 글도 말도 사람도 원래는 즤들 것이었다 모로 쳐다보며 되뇐다 사람을 추수해서 몇 번이고 피잔치를 벌인 무리들이

그대 머무는 곳에 그 해가 없거든 해가 붙들려간 그 쪽을 향해 어미 아비 아이의 뼈를 묻어라 한 방향으로

그리하여 그대 머무는 곳에

빛이 제집으로 돌아오는

길을 내라

100만 년 얼음왕국

열 마디를 던져도 안 듣겠다는 너에게

내가 굳이 열 마디를 다 꺾어 모닥불을 피워준들 따뜻이야 하겠어?

무어하러 양장본을 써내냔 말이야 네 마음속엔 이미 구덩이가 파여 있는데

나를 묻을 구덩이

조선이 독립을 하였다고 피식피식 용광로에 뼈 삭는 소리 좀 들어봐 박 사장은 하늘나라 갔으니 전화는 거기 넣지 말고

광풍이 불어 광풍이 열 마디가 부족하면 발가락 열 마디를 한 접시 더 꺾어다 모닥불이를 응접실에 옮겨놔주련

서러웁고 차고 무서웁고 잊고 싶고 쓸쓸하고 외롭겠지 공주는 원래 그래

글 배운 이는 모조리 세 고깔 씌워서 제 발로 자박자박 광대마을에 들어가서는 사랑노래만 겨울 내내 불러제끼고

노래를 들어요 이 철없는 공주야 모닥불은 잊어 마디마디 꺾어 타닥타닥 타들어가는 저 잿더미 화로는 닫아요

노래만 들리면 됐지

운 동 회를 하자는 거야

좋아요

구두 벗어

도둑이야

도둑이 들어왔다 백두산 물을 다 마시고서
도둑이 들어왔다 그 이름이 사내라 하였다
도둑이 들어왔다 그 명색이 한 집안이라 하였다 모모한 친척이라더라
도둑이 들어왔다 이제는 내 형제라 하더라
도둑이 들어왔다 서러웠지 나는 네 자매야 하더라

마지막 자매가 朝가 집안 가장 영리한 자매였는데

믿으라고 잘해줄 테니 따라오라길래 집문서 호적등본 일단 다 내어주었지

봄이 와서 이제 소식이 오겠거니 기다렸어 나는 지도를 들여다보고 들여다보며

지도에 꽃이 필 날만 기다리고 있었던 거야 멍청이 꽃다발을 머리에 꽂고는

조가 집안 자매가 자매여서 자매이므로 자매이니까 그 자매 참으로 훌륭타 하였던 것이야

도둑이 들어왔어 누구냐고 묻지를 않아 이제는
도둑이 들어왔어 호루라기를 불어 놈이든 년이든 나와서 구경질을 하라고

자 봐라 도둑이 들어왔어

도둑이 무에야 도둑이 무엇이야 도둑이 대체 무엇을 하는 작자냐는 말이야

훔치는 것이야 뒤통수를 내리치는 것이야 그래놓고 아프냐 묻는 것이야 차마 묻는 것도 그냥은 안 해

도둑이야 외치려고 들어야 그 찰나에 입막음을 하려고 재빠르게 입안의 선홍빛 혀가 움직이는 것이야

도둑이야 도둑이야 계속 외치어 그러지 않으면

도둑이 꽃가마를 타고 궁궐에 들어가서

나는, 대리인이어요 한다니까 도둑이 아니라

그 봇짐에 옆집 여인 비녀가 아이들 돌반지가 새 신이 들어있어도 그것은 궁궐주인 좋으라 떨궈놓는 것이야

네 것이 아니야 이 바보천치 꽃다발아
치마 두른 짐승은 도둑이 못된다든

노무현 바다를 건너다

땅 끝에 갔더니 바다만 남은 것이다 나는 수영을 할 줄을 몰랐어

여권이 필요해요

아니요 이 배는 말레이부두로 갑니다

여권이 필요하냐구요

이 배가 말레이부두로 갑니다

가진 것도 없이 그냥 훌러덩 탔어 그 배를 저어저어 갔더니 석양이 노랗고 빠알갛고 공기는 들큰 달아올라 안면을 묵지근 눌러대

바다 위에 정부가 없었어

편의점이 없었어

총칼을 들 필요가 없었어

나는 그냥 위장 소장 대장 심장 가진 짐승 하나인데 해가 뜨고 질 때 얌전히 밥을 먹고 잠을 자고 얼굴에 물을 찰싹대고 씻는 거지

노래를 따라 불렀어 선원같이

모르는 노래야 어찌 알겠어 나는

노래를 울며 부르는 땅에서 기어나온 위장소장대장심장. 순댓국에 건져놓고 나온 짐승이야 알아? 그 시장통에 내 속알맹이가 있어

음음음 그냥 조용히 읊조리며 바알간 피부의 선원들 곁에 가서 엉덩이를 붙이고 차마 얼굴을 들지 못해 하늘만 보았지 먼 하늘만

노래를 불렀어 아마 잘은 모르지만

땅을 그리워하며 형제를 보고픈 마음인 듯하여

땅도 형제도 훌러덩 벗어놓고 온 내가 괜히 슬픈 척을 하는 거야

울겠지 그 시장통 국밥집에서

나의 심장이!

내 심장이

데모는 계속되고

배가 고팠다 나는 너는

배가 고팠다 들녘은 그리고 저 바다는

배가 고팠다 나는 이 아해는 그 청년은

팔짱을 굳게 걸고 이 두 발 올라선 자리를 지켜보려고 한 것이다

사랑했을 뿐인 것이다 그 두 발 올라선 자리 잘해야 두 뼘은 되었을

시대가 배신을 하였냐 아니야

땅이 넓어 가르지를 못하였나 달려도 끝이 안보여 차마 스타아트. 끊지를 못하였나

아니야 아니야 그대여 아, 새로 난 그대여 분홍빛 죄가 없는 그

대여 무른 손과 발 그대여

배신은 아무도 하지 않았어

아무도 변절하지 않았어

우린 그대로 팔짱을 굳게 걸고 이 두 발 올라선 자리를 지키고 있는 중이야 사랑했던 거잖아 여기 이 자리를

화석이 된 거다 어느 날, 천둥우같이 추우우운 날 우우우우웅 울어대는 바람을 타고 물줄기가 쏟아져 내려 으앗

소리도 못내는 찰나에 다들 얼음 안에 갇힌 거야 처량맞은 시선으로 나를 우리를 쳐다보지 말아요 그 손으로 날

만지지 말아

뒤돌아서서 가요 그대

가서

나보다 한 발 앞에 팔짱을 군게 걸어요 다시 비가 내릴 거야 추

우우우우우운 날 우우우우우욱 소리 나도록 비를 맞아

내가 그대 얼어버린 등 뒤를 지켜줄게

Ave Mary

마녀가 살았다

이름은 마리

태양의 자식이라고 불리기도 했지만 요즘엔 태양을 팔아먹은 후레자식이 되었다

마녀는 개구리와 친구를 하였다

친구는 개구리뿐만이 아니었다

지나가던 개조차 친구삼아 즐거웁게 오솔길을 매일같이 자박자박 우갸갸갸 놀이를 하며 심심치가 않았어

마녀는 세상이 적막하여 노래를 배웠지

사람이 찾지를 않았던 거다 마녀의 에미도 마녀 에미의 에미도 마

녀 세상에 아버지는 다 죽은 거라고 솥에 넣어 끓여 마셨다고 해

마녀는 노래를 하다 지쳐 그림을 그리기로 했어 마을에선 마녀가 그림을 그리면 홍수가 난다며 그 손가락을 끊어내자 해

마을을 내려가질 못했어 차마 밥 짓는 법을 가르치지 못하고 떠난 엄마 마녀는 덩그라니 말라붙은 솥이랑 양념통만 남겨두고는

마리야 마리야 아빠 없는 마리야

매일같이 메아리가 들려왔어 집은 다들 알고 있던 모양인데 차마 문은 두드리질 못하고 역한 분노에 치를 떨며 소리만 질러댔어

마리야 마리야 아빠 없는 마리야 솥으로 들어가라
마리는 배가 주려서 하루 이틀 더는 못 견디겠다 싶을 때 먹어 죽지 않겠다 싶은 것들을 여윈 허리춤에 담아 와서 솥에 넣고는

노래를 나즈막히 부르며 익기를 기다렸지

아베 마리아 아베 마리아 오래된 어머니

저는 사람 많은 낮이 무서워요

아베 마리아 아베 마리아 매춘부 어머니

저는 스커트가 무서워요

아베 마리아 아베 마리아 남자먹는 년 어머니

저는 개구리하고만 얘기를 할래요

낮에는 돌멩이

스커트는 옆집 아이들이 잡아 찢어서 기워 입기도 지쳤어요

개구리는 저를 때리지 않아요

아베 마리아 아베 마리아 듣던 어머니가 울컥하고 굴뚝으로 스며들어 솥에 떨어지기 시작하였어

똑 딱

똑 딱

똑 딱 똑 딱

마셔라 마녀야

마녀의 수프야

마지막 방울도

마셔라 마녀야

마녀의 눈물이

저들의 악몽이다

마녀야 너의 꿈이

저들의 악몽이다

네가 깨어나야

저들이 잠을 잔다

똑딱똑딱 똑 딱

똑

딱

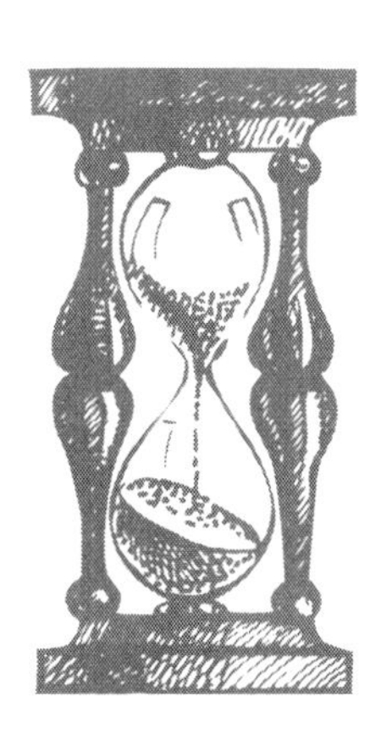

마지막 날

팔을 치켜들었지 하늘에 가 닿아보려고 걸음마를 떼고 처음 한
일이다

팔이 짧은 거야 쭉쭉 뻗어봐도 나는 도무지 해낼 수가 없었어

머리카락을 길렀지 하데스에게 가 닿으려고 땅을 뚫고 들어가라
머리칼아 머리칼아

묶어 틀어올리지를 않고 풀어헤쳤어 미친 여자마냥

하늘이 운다 하늘이 운다 나를 버리고 높이 떠버린 태양이 그
얼굴을 일그러뜨린다
하늘이 울어 바람이 휘몰아친다 태양이 거친 숨을 토하다 먹은
것을 다 게워낸다
바람이 불어내려 땅 위에 집들 차들 발길로 걷어차고 이제는 바
다마저 뒤집어 엎는다

생뚱맞은 거야 나는 머리칼을 길러 하데스에게 가려고 했는데 이제야 하늘이 울어 내게

도레미 파 솔 라라라라 도 높은 음 도 다시 레 미 파솔 라 시시 시시시 다시 그 위에 도

찢어지고 가늘게 점점 높이 울어가는데 하늘이 말이다 나는 머리칼을 길러 이미 하데스에게 가기로 하였다 하데스야 땅을 열어라

우르르르릉 쾅쾅 땅을 쳐대며 하늘이 소리를 질렀지 안 돼 안 돼 내가 너무 늦은 건가 거긴 안 돼 땅 밑은. 죽음 이후의 세계 다 안 된다
너는 태초에 내 아이 내 배를 열어 내가 낳은 아이 얼굴도 내 얼굴 손과 발에 빗금 하나하나 다 내 것이다 올라와라 내 아이 내 품에

너무 늦었다

땅이 열리고 내 머리칼을 점점 빨아 들이마셔

배고픈 아이같이 나를 흡입해간다 땅이 술 먹은 난봉꾼같이 빨리 빨리 거칠게 광폭하게 두서없이 우들우들 꽝꽝 하더니 돌아

돌아가 팽이같이 휘르르르 휘르르르 바닷물이 땅을 덮친다 높은 산은 진흙같이 허물어진다 모든 것이 빨려들어가 저 밑으로

콘트라베이스같이 우짖는다 하데스가 도 시 라 솔 파 미 도도 도도도 다시 그 밑으로 시 라 솔 파 레 도도도도도 시라 솔 파 파파

끝도 없이 내려가며 우짖는다 삼킨다 들이마신다 하데스가 하늘 말고 온통 것들을 그들을 저들을 우리들을 내쉬지도 않고 마신다

태초에 하늘이 있고 땅이 있었다

하늘은 울고 땅은 삼키고 이제는 사방천지 암흑뿐이다

빨갱이 토마토

빨간 머리 아이가 살았다 이름이 토마토

수확 철이 되면 무서웠다 머리만 댕강 잘려나갈까 어릴 적부터 어흥어흥 놀려대는 동네괴물들이 너무 많았던 거야

토마토 토마토 모가지를 잘라서 쥬우우욱 갈아 토마토 주스가 되어라 꿀떡 꿀떡 내가 삼켜 요강에 싸야지!

토마토는 햇빛 아래 혼자 앉아 마을을 등지고는 이렇게 매일 중얼거렸다

“내가 쨈만 되어봐라”

토마토가 열일곱이 되었을 때에는 동네괴물들이 이렇게 웃으며 말을 걸어왔지 “아직도 목이 붙어있네 주스 되지 못한 거야?”

주근깨가 총총히 박힌 뺨을 해가지고는 바알갛게 열이 받은 토

마토는 다시 뒤뜰에 가 마을을 등지고는 이렇게 모질게 뱉었어

“내가 잼이 되어 네놈들 뱃속에 들어앉을 거다”

토마토 토마토 하늘 아래 혼자 빨강 토마토 토마토

파랗다가 빨개져서 짓이기며는 핏물이 쥬우우욱

마을의 큰 맷돌로 갈아갈아 끓여내면 잼이 된다고

작은 병에 오종종종 나란히 귀여웁게 담아 우체국에

박스박스박스를 배달을 해보라고 집집마다 토마토

한 스푼에 듬뿍 담아 엄마아빠삼촌이모 다 먹고 나면 말이야

모두 빨간색이 된다 하지 토마토 토마토 하늘 아래 모두 빨개

토마토는 무섭지가 않았다 슬며시 웃으며 쥐어짜기 시작했어 짓이기기 시작한 거야 무엇을 어디를 어떻게 토마토 얼굴을?

씨까지 토해내리라 토마토는 온통 가진 것을 들어 엎어 쥐어짠 거야 빨간 세포 하나까지 모두 쥐어짜 끓여서 잼을 만들었지

마을 괴물들의 노랫소리에 비할 바가 아니었어 노래를 삼키고 비웃음을 삼켜서 모조리 빨갛게 만든 토마토가 글쎄 토마토가!!

입국

흑인인가요?

아니요 저는 사람입니다

글쎄 백인이에요 그럼?

아 그런 것도 같습니다

백인이라고 합시다 나이는?

스물하고. 여섯입니다

결혼을 했습니까?

혼자 살고 있는데요

결혼을 했냐고 묻는 겁니다

안 한 걸로 해두지요

북한인가요?

아니요 한반도입니다

북.한이냐고 묻습니다

아닌 걸로 해야 할 듯합니다

이만 가 봐도 될까요?

잠시만요. 여자입니까?

예? 예…

몇 가지 검사를 더 해보겠습니다.

임신해보셨습니까?

임신 중이십니까?

임신했을 가능성은 있습니까?

성병검사를 마지막으로 받은 적은?

이 나라에 왜 오셨습니까?

아. 저는 트랜스. 젠더입니다.

다시 묻겠습니다. 임신해보셨습니까?

보통사람

갑순이요

아니 을순이요

혹은 개똥이요

아니요 순이요

어매는 어디 갔소

아비는 어디 갔소

나는 여기 있소

모릅니다 나는

주사파 아니요

한총련 아니요

빨갱이 아니요

종북년이 아니요

진보라니요

모릅니다 나는

어디에 살아요?

이름?

나이

부모님 직업

부동산은.

모릅니다 나는

무섭습니다

반도에 사는 귀신

꺼먼 구름이 밀려와

발끝을 적시우고

물러나 다시 우릉우릉

운다 등을 훌쩍이며

돌아봐 얼굴 좀 보자

어깨를 토닥토닥하였지만

한 걸음 더 물러나 뿌리치고

오지 말어 귀찮아 뱉어내는데

사랑했었다

내 숨이었고 살이고 뼈였다고 너는

비가 내리지를 않아 공기가 텁텁하여

창문가에 갔더니 얼굴을 너울너울대는 모습이

대문 놔두고 유리창 너머에 붙어서 눈을 마주쳐

오지 말라고 하지를 않았어 너는

사랑했었다

내 숨이었고 살이고 뼈.

이가 다 빠진 입으로 뭘 그리 계속 중얼중얼 하는 거야

울려거든 울어봐

산발한 채 다시 돌아서 우둑우둑 몸을 털어가며 돌아간다

망령이야 그저 너는 꿈이야 안개야 아니 연기야 천덕꾸러기야

현대국가가 된 거야 지금 잊어요 그 아픈 추억일랑은

마침내 별이

환하게 밝아졌다

주위가

별이 쏟아졌다 나는 주워담고서

돌아봤다 뒤를

아 세월

한 줌 두 줌 징검다리같이 차근차근

짚고 서 있던 그 영혼들이 말이다

물끄러미 쳐다보았다 치마폭의

별을

별들아 나를 헤아려라 많은 별들아 헤아려라 나를

못 알아보겠나 나는 하늘이 처음 열릴 때부터

기다리다 여기 서서 바스라져서 허옇게

징검다리 뼈가 되었노라 괜찮아 괜찮아 나를 봐요

기다렸어요

사람 되는 그 날을

뒤로 버쩍버쩍 따라 일어서는 허이연 자태들이 끝이 없구나

과립 같은 살들은 흩어지고 퀭한 눈자리만 남아 우는 듯 흔들린다

있지요 나는

기다렸어요 사람 되는 그 날을

낫으로 베여나간 어머니의 시신동이를 묻고 났더니 나를 내리친 그 몽둥이

등줄기가 오싹했어요 나는 그래 기다렸어요 별이 별들이 나를 따스히 비추면 말이에요

일어나 다시 살아보리라 기다렸어요

아 세월 나는 무섭지가 않았어 기다릴 수가 있었어 헤어진 치맛자락 사지가 묶여 당하던 그.

겁간의 기억들 괜찮았어 나는 마지막 숨까지 치욕이었더라만 아 목이 쥐여져 숨도 못 쉬는데

군인놈들이 말이야

키득대며 계속해댔지

별들이 말한다 더 쏟아져라

담아라 그 손에 나는 쏟아져 담기운다

모두 살리워라 모두 살라내라

별빛, 태우리라 그 손을 발을

머리 하나 작던 소녀

돼지트럭에 실던

매매

날에 베였다

피가 나오더라

날에 날에 베였다

피가 맺히더라

날에 그 날에 내 날에 그대의 날에

베였다

아

이를 다물고 소리쳤다 아프다고

피는 나오지 않았다

아플 때는 내 세상 여기 이 세상이었다 그런데

그 세상 나오는 여기저기 이저그 소리가 몇은 것이야 맺히더니

아프다 말하면 안 돼 쉿

도적떼가 사그락 사그락 기다렸다는 듯이 말이다 담장문을 스을쩍 밀어내는 거야

그리고 다가오지 시퍼렇게 달빛을 받아 움찔움찔 빛이 나는 단도를 품에서 꺼내서

멀리 갈 것도 없어 바로 그 앞의 내 심장에 푹

꽂으면 돼 그거거든

사람 목에 방울 다는 게

어렵지가 않아

상여를 지네

할머니

여기에 누워있는 이 몸은

이름 석 자 수십 년을 등에 지고

부끄러운 날 억울한 날 많았지만 얼마나 다행인가

돌 맞고 흙을 던지는 날들

손가락질하고 년이다 욕하던 날들

아들이 죽어 잿더미로 돌아온 그 날이

내 딸이 죽어 상여로 돌아온 그 날이

다 허공에 흩어지고 저들도 나도 그저 누워있소

아 나는 소녀에서 그저 사람이 되고 싶었으나

차마 되질 못해 그대에게 배를 빌려주었소

떠나지 못하고

목이 말라 가던 길을 돌아왔다 길이 참 거칠기도 하더라

훠이 훠이 까마귀떼를 쫓아내며 안개까지 무겁게 깔린 구불구불진 길을 맨발로 밟아서 고향에 돌아왔다

어머니

어머니 무덤이 되셨습니까

많이 보고 싶었습니다

아 내 딸

하느님 저의 설움이 왜 비가 되어 내 딸 맨등에 세차게 내리나이까

저는 살아 세상을 사랑하였습니다

지나간다

휙 지나간다

포탄이 날 꿰뚫고 휙 지나가는 물내나는 얼굴로 배웅하던 흰 얼굴 아내야 두 돌 된 딸아이야
미안해서 어쩌누 내가 괜히 이 포탄을 집어 들었니

휙 지나간다

혼자서 이삭을 베어내실 어무니 아부지 이제 막 까까머리 면한 내 동생아이 그 저녁 밥 짓는 냄새
미안해서 어쩌누 내가 괜히 이 포탄을 집어 들었니

간다 내 손이 발이 간다 내 머리가 간다 내 피 철철 흐르던 심장이
꺼져간다 밝은 빛이 저물어간다 이 해가 내 딸아야 내 딸아야
어두워 아비가 볼 수가 없구나

간다 간다 잡히지도 않는 줄을 잡고 내가 간다 선희야 아비 없는 세상 거칠고 거칠어 흐느끼며 간다
이끌려간다 내 딸아 맨발로 울고 서 있는데 모질어라 이 땅아 나를 끌어가 밀어가

내 딸아 놔주오 이 잔인한 세상아
내가 포탄 집어 나라를 지켰더니 그 딸아를 쥐고 채고 애비는 어디 있냐 죽었냐 살았냐 채근을 하오

나라가 위중해서 내 목숨 바쳤더니
내 딸아 놔주오 이 염치없는 세상아 그 손에 얼음물 그 허리에 포대기를 둘러놓고 날더러 보라는 거요

내 딸아 가리키던 손가락 접어라
어둔 길 그나마도 못가고 여기 섰소 육십 년을 하루같이 여기 섰소 내 딸아 곱게 두오 차디찬 데로 몰지 마오

휙 지나간다 딸아야 휙 지나간다

울고 서 있지 마라 딸아야 휙 지나간다

애비 숨 못 쉬고 서 있다 울지 마라 딸아야

획 지나간다

연인들

나는 재봉틀 하나만 있었으면 한 거여
잃은 남편 대신 그거 하나를 바란 거여

드르륵 금방 박아서 이불이라도 만들어 팔면 보송보송한 내 딸
아이 하나 건사 못했을 기여

사랑했습니다

보고 싶습니다

포화소리가 멈추지를 않더라고 어언제나 소식이 오나 젖물리다
밥을 지어내다 대문간을 쳐다보는데 아무도 돌아오지 않는 겨

괴로웠습니다

추웠습니다

기어다니다 걸어다니는 딸애를 들쳐업고 서러운 아침에 빈 속으로 나선 겨
그 길을 애기 아빠가 기양 걸어나가며 걱정 말라고 하던 그 길을 나도 혼저

무섭습니다

외롭습니다

한 밤 자고, 두 밤 자고, 시 밤을 자는디 놓고 나온 새끼생각에 누워도 앉아도 그게 사는 게 아니더니 한 달쯤음 되니 살만한 겨 살아지는 겨

여전합니다

그립습니다

모질었습니다

우리가 이별한 세상이

옴마 상여를 지네

아마 열다섯

한지로 겹을 겹을 싸매던 유골함을 보았지

바르고 바르고 또 바르고 옴마 왜 자꾸 발라
할아버지 옮겨드리려고 해 여기 담아서
곁에 앉아 찰딱거리며 상자를 보듬다가
옴마 왜 우리 할아버지 옮겨

옴마 내가 할아버지 제사 지내면 되잖아
너는 시집을 가면 그 집 제사를 지내는 거야

옴마가 딸이고 내가 딸이라 그나마 죽어서도
다리를 고향에서 뻗지 못해

내 긴 머리칼을 자르든 틀어 올리든 도령모양이라도 내야겠어

나는 옴마새끼요

그리 살다 가겠소

이 욕스러운 세상

삼대가 나라를 지켜도

내가 도령이 아니라서

제사상에 찬물도 못 올리오

사당문이 잠겨있고

바둑이가 마중을 나왔다

호두 하나 안 보여주며 날 울리던 언니가 사는 집 바둑이가
윗집 손녀 나를 알아보고 동구 밖까지 추운 겨울길 따라 나선다

저게 미루나무였구나

그 옆 개울물에 증조부가 하염없이 걷다 모자를 떨어트렸지
가지를 길게 들여 모자를 건져드렸어 아직 해사한 옴마가

할부지 나는

쉽지가 않았어요

할부지의 아부지. 그리고 내 할부지. 옴마의 아부지

모두 안 계시고 쉽지가 않았어요

기실은 달만 떠도 울고 별만 봐도 고향이 시리게 그리워 병이 났어요
옴마 등에 짐 하나도 덜어주지 않는 세상이 서러워 숨어 울다 왔어요
책을 내려놓지 마라 애기야 넘지도 마라 애기야 책은 중한 거여
가슴에 온갖 바람이 다 지나가고 책은 무슨 소용이어요 할부지

열흘이 두 번이 지나서야 두 걸음 세 걸음 떼어 고목이 멀뚱하니
서서 기다리던 성당가에 가고 시큰한 눈물더께가 내려앉았다
최 씨 집안 증손녀라고 알아보던 그 덩그란 마을에서도 바람이 불어
조부 가시던 길 조모 눈물로 헌신 신고 내몰리던 길 옴마 울며
나온 길

그 위에 다시 서서

나는 쉽지가 않았습니다

책이 중하다고 세차게 혼난 종아리는 아프지 않았지만
무르지도 영글지도 못한 땅 위에서

화를 낼까 용서를 할까 정하질 못해
쉽지 않았습니다.

1982년 어머니

노을이 불러 돌아왔습니다

콧등이 시큰하게 부어 혼자 울던 어머니 뒤로 노을이 졌다

노을이 불러 돌아왔습니다

아이를 품에 안고 서둘러 택시를 잡던 어머니 얼굴에서 피눈물이 흘러 노을빛이 되었다

노을이 불러 돌아왔습니다

내가 돌아온 줄 아십니까

나는 아마 차마 그제서야 한 발을 떼어 걸음마 음마 한 것입니다

노을이 보이십니까

노을이 운다 노을이 접는다 노을이 도망간다 노을이 웅크린다
노을이 노을이 나를 우들켜 잡는다

노을이 보이십니까

나한테는 딱지가 돼 앉은 그것을

젊음, 놓치다

오솔길 새벽에 할부지를 따라나섰다 안개가 겨울에 왜 그리 휘몰고 감고 가던지 말이다

할부지 속이 타서 죽겠어요 억울하고 힘이 들어요 오늘은 날이 너무 추워요 어딜 가세요

내가 말이여

네 할부지 그러니까 내 형이 죽고 나서 서러웁고 억울했는디 참고 집 안에 눌러앉은 겨

별 수가 있나 젊은 날 대처로 나가 하고 싶은 일이 많았는디 상업을 해보려고 했었지

할부지 속이 타서 죽겠어요 억울하고 힘이 들어요 오늘은 날이 너무 추워요 어딜 가세요

그 전쟁이 끝나고 나는 하루하루 집 안에 들어앉았는 것이 얼마나 속이 터지던지 나간 겨

나가서 머슴이 된 겨 남의 집 농사일을 거들고 그 땡볕에 시커멓게 타도록 일을 했던 겨

네 증조부는 날더러 나쁜 놈 못난 놈 그러는데 억울하고 힘이 들었다 나는 집에 들어앉았는디

그렇게 결혼을 하고 들어앉아 부모를 조석으로 챙기고 남의 집 머슴살이를 허는디 속이 타지

할부지 그 선생이 말이어요 그 눈길이 말이어요 그 사내가 말입니다 아니 그 계집이 말이어요

서러웠지 나는 저어어기 땅이 보이냐 나는 저걸 지키느라 평생을 여기에 눌러 붙어앉은 겨

나는 셈을 잘 혀 곧잘 혀 나이 먹어도 그건 변함이 없어 그래 나는 상업을 해야겄다 했었지

날이 추워요 할부지

읍내를 걸어나갔지 내가 속이 타고 또 타서 술 없이 살지를 못하겠는 겨 세상에 형 죽고 집에서

어딜 가냐 어딜 나가냐 결혼해라 해 들어앉았는데 그 젊은 날이 그냥 다.

욕심을 부리지 말어 안 되는 겨 땅은 말이여 지키려면 욕심을 내지 말아야 혀 더 갖겄다 허지를 마

욕심을 가지면 어떻게 돼요 할부지

다 잃는 겨

귀향

흙이 보드라웠다

열일곱이 서른일곱이 되어 왔어도

살짝 눌러보니 포근하게 패인다

힘이 들었어요 저는

오랑캐꽃이 보라색 몸을

한 잎 두 잎 나즈막이 펼쳐놓자 나는

뭉클 배어나오는 자색 체액에 목이 잠겨

하늘이 파랗습니다 아직

다섯 손가락 다 펼쳐 눌러보았지

그대야, 다섯 그대야, 여섯 그대야, 아니 열의 그대야

면으로 된 옷을 입었지 어머니 냄새가 옷깃에 배어나오는데

배가 고파요 밥냄새가 나요 어머니

시계가 수직이라 여섯 시 아버지 어머니 돌아오던 그 노을 아래에

그대야 서른인가 마흔인가 모를 그대야 발끝이 동서남북 모를 곳이다

매일매일매일을 해가 지는데 나는요

서른일곱이라 했던가

원망했어요 저녁을 아침을 홀로된 그 밤들을 부끄럽고 그리웁던 날들을

허망하게 서 있지 말고 옆에 와 앉아

심장이요 두 조각 세 조각, 일곱 조각부터는 세어보질 못했어요

아직 오후 다섯 시야 이 사람아

배가 고파요 죽도록 아픕니다

바늘 두 개가 하늘 땅 가리킬 때면 말이여

죽을 것 같아요

밥이 다 된다고

말랑보드라운 제비꽃이 물끄러미 올려다본다 하늘이 우두커니
멈춰있다 나는 옷이 노란색 파란색도 아니야

앉아요 국이 식어

아직도 살아

버스가 달려 나는 욕을 먹었어 그렇게 버스를 탔는데

아무렇지가 않았어 가슴 안에 돌 같은 맹수가 도사리고 있었거든

담요 한 장, 수저 한 벌 들고 바닥이 두껍지도 않은 어린 여자애가 아직 애가

바닥이 두껍지가 않은 신을 두 짝 신고 어린 여자애가

걸어 나온 길이다

나는 버스를 탔어 질주를 하는 거야 그 버스는

어디 한군데 천연색 빌딩은 안 보였어 나는 괜찮아 울지를 않아

음악을 들었지 나는 울지 않아 괜찮다니까

술 취한 행인이 옆자리에 앉아 신세한탄을 해 어쩌면 좋냐고

힘내라고 해줬어

겨울이었다고 그러니까 나는 버스를 탔어 집에 가는 길이야

뭐하러 울어 나는 말이야 준비가 된 거야

갱도에 증조부가 갇혀서 원숭이같이 소금밥을 받아먹고서 흙을 파내다가 돌아왔어 조부가 전쟁터에 끌려가 뼛조각만 남아 돌아왔지 그다음엔 말이야
바닥이 일 센티나 되나 얼음이 골마디 골마디 올라오도록 얇은 신발을 신고 말이다

어머니를 감추던 게 담요 한 장이었다고

나는 욕을 먹었어 나더러 죽으라고 한 욕이다
나더러 그만 경쟁하라고 그만 게임에서 물러나라고 한 욕이다
기집이다 아니다 별 거 아니다 혹은 절대 걔는 잘되면 안 되는 거야라는 다짐!

난 저녁을 먹고 커피를 마시고 음악을 들으며 버스에 타서 집에 돌아가 평소같이

울지 않아 나,

이건 게임이 아냐

나한테는 아니다 이 선득하고 무겁고 뒷덜미를 꽁꽁 묶어놓은 이것이

탄광 전쟁터 그리고 법원

산을 허물었다

길을 곧게 내었다

나는 돌아오지 않았다

그러더니 바닷길을 가로막고 다리를 세우더라

그래도 나는 돌아오지 않았다

짚불을 태워 소여물죽을 끓이던 냄새가 마을에 가득했었는데
꽃상여가 나가던

아들을 잃고 딸을 잃고 허위허위 질질 끌리듯 저승길 가던 증조
부가 살던 마을에

얼마나 많이 걸어야 했을까 차도 없던 시절에

수도 없이 돌아보며 길을 떠났을 심장 그리고 또 심장

내 안에 똬리를 새끼를 치고 있는데

열십자를 수도 없이 그어놓고 날더러 돌아오라 고향입네 그러지 마셔요

바람은 봄부터 불어 바다를 말리지를 않는 이상 그 바람이 겨울까지 멈추지를 않았어요 나 사는 도시까지 지겨운 바닷물을 타고 들이닥쳤어

귀향.

내 아비어미를 그렇게 휘저어 놓고는 귀향이라고

나라야 마을아 전쟁아 그리고 그 모진 것들 두 손 부르트게 휘몰아가던 것들

나무에 열매가 달려있습니다

속절없이 가을마다 나무에 감이 열려요

달큰한 감이 목구멍에 쓰리게 넘어오는데요, 귀이향귀이양했습니다 사람들이

어느 하루는 뒤통수에 의아한 눈길이 또 어느 하루는 귀찮은 화가 나는, 그런 눈길이 따갑게 꽂히곤 했습니다

나는 돌아와서 별로 좋지 않은 옷을 입고 서 있었지요

죄인인 줄을 알았습니다

어째서 도시가 아니라 여기까지 와서 잘난 양, 나온 것이여 젊고 늙고 잘나고 못난 모든 것들이 다

키득대고 희뜩희뜩대며 문이 닫히고 서까래가 썩은 집 손녀 나를, 나 하나를 어쩌지를 못해 빨갛고 야무지며 여러 개인 입을 열어서 지줄지줄지줄 줄지 않는 그 숱한 것들을 쏟아냈지요 문 앞에 매일 아침 토사물이 흘러다녔어 사방에

나는 입을 쩌억쩌억 벌려대던 그 토사물 위를

맨발로 걸어왔습니다 가진 것이 없었어요

결백합니다

할아비가 그 아들이 아들의 딸이 그리고 제가

저는 무죄입니다

항소하겠습니다

메리크리스마스

바나나케이크를 샀던 그 날이다 용맹하게 남자친구가 인파를 헤치고 사온 케이크 그날따라 세일을 한 거지 사람들은 워낙에 맛있는 케이크인데 크리스마스이기도 했으니까 더욱 몰려들었어

난 그 케이크를 안고 달려요
버스 안에 앉아 달려요
날이 다 저물고 깜깜해요

살풋 웃었던 거다 창밖으로 "당신 잘 가요" 하던 남자친구를 보고 추운 날이었어 그 따뜻한 미소와 목소리가 길 위를 살살 녹이더라구

옴마옴마 일어나봐
왜 이리 늦었어
옴마 크리스마스야
그런데 왜
옴마 크리스마스 케이크야

그날이 처음이다 태어나 크리스마스 케이크를 사랑하는 사람이 사다주고 나는 사랑하는 사람에게 갖다 준 그날 옴마는 케이크를 크리스마스에 받아본 적이 없는 옴마다 뭘 말해야 하는지도 몰라 우물쭈물하였다

엄마

계속

메리크리스마스

젊은이야

좋은 아침

힘이여 자리여 돈이여 이름이여 빼곡히 적힌 주문서가 칼바람같이 휙 날아들어 내 뺨 위에 생채기를 내었는데

약이 없더라

손바닥으로 감싸 쥐었지 피가 멎으라고

한참을 쥐었다 떼어보니 그 손바닥에 비웃비웃하는 기다란 핏자국만 나 있다

계절이 바뀌었던가 아 참 햇살이 희뿌옇게 밝아오는 걸 보니 또 하루 지나갔다 이 좁은 방 안에서 종이도 나도 바래며

약이 없더라

이 지리하게 흐르는 꿈을 깨고 나올 해독제가 없더라

세차게 흔든다 목뼈가 휘어지고 정신이 멍멍해질 때까지 세차게
깨어나라 깨어나라 이 긴 잠에서 깨어나라 가위 같은 낮잠이다

꿈에서 숨었다 벽장 속으로 꿈에서 달렸다 뒤를 쫓던 독사를 피해 꿈에서 소스라치게 놀랐다 물 위에 떠오른 시체를 보고
나는 꿈에서 붙잡혀도 보고 모함도 당했으며 친구도 잃고 사랑에 속아 무너졌었다 집을 뺏기고 나앉기도 무시당하기도 숱하였다
꿈이로구나 깨어야 산다 방방 뛰었고 찢어져라 소리도 질렀다
눌러지지 않는 전화기 버튼을 누르고 또 누르고 허우적대고 달렸다
도서관으로 서점으로 성당으로 무덤가로 어딘가에 누군가 남겨놓았겠지 먼저 간 자가 이 미로 같은 꿈의 출구를 적어놓았을 것이다
옳거니 여기 종이뭉치가 있구나 뒤적뒤적 글씨가 눈에 들어온다
어서 해독을 해 읽으란 말이다 큰 입을 벌리고 전쟁같이 쫓아온다

어제가 오늘이 또 내일이

우체국 옆에 잡화상 큰 길 옆에 주유소 그 곁에 정류장 숨이 턱

까지 밀고 올라오도록 달려달려 달려왔더니 떡하니 기다린다

우체국

버석해진 손으로 얼굴을 감싸 쥐고 울기 시작한다 이까짓 숨은 쉬어 뭐해 나는 뭐해 내 이름 석 자는 적어서 뭐해 울고 또 운다
우둑히 솟은 코 말랑한 볼 피곤해 움푹 들어간 눈 튀어나온 이마 어깨를 덮은 머리칼이 손바닥에 들어온다 만지며 이것이 무어냐
물어보았다 어디서 나온 물건인데 내 손에 잡히느냐 만져보다 주저앉힌 무릎을 펴고 섰다 어디엔가 거울이 있을 텐데 두리번거려
나는 이제 이 물건이 누구인지 좀 보자꾸나 싶어 낡은 우물가로 가 밑을 내려다보았다 마른 숨소리가 둥기둥 울려 퍼지고

너울너울 조용히 넘실대는 우물물 위에 사람 하나가 보였다

아 저것이 모습인가 싶어 만져보려 손을 뻗쳤더니 든든한 줄이 하나 만져진다

후울쩍 끌어올려보니 차을싹 물을 가뿐 담고 돌아온 두레박이
다 아무렇지 않게 담기어 코를 적시고 이가 시리게 넘기어 온다

목젖이 아프다 쿨럭쿨럭 기침을 하고 보니

그렇게 시작이다

삶이

반백 년 한국사람

양보할 줄 모릅니다
사과할 줄 모릅니다
뉘우치는 법 모릅니다
평등이 뭔지 손에 잡아본 적이 없습니다
민주는 교과서에서 배우고 치웠습니다

보셨습니까 내가 변호사가 되기 전에 어머니께서

맨바닥 위에서 생선을 파셨습니다 제발 이거 하나 사달라는 마음으로 생선을 팔 적에

깨애끗한 옷을 입은 부인들이 떫은 얼굴로 얼마에요? 묻고는 죄송한 마음으로 값을 말하던 어머니를 경멸하고는 지나쳤습니다

아 목이 마르다 돌아와 냉장고 문을 열어보니 아내가 넣어둔 찬물이 담겨있다 글라스에 담아 한 모금 들이켰다 그래도 마르다

그래요 통일. 뭐 복지. 좋아요 하라고 하세요

과거청산 좋은 얘기입니다 친일은 나쁜 짓이지요

저는 그 무리에서 빼내어 주시면 안되겠습니까

나는 사랑을 믿지 않습니다
나는 하느님을 믿지 않아요
나는 계약서를 봐야 믿습니다
나는 누구의 편도 들지 않아요

정의는 저 말고 다른 훌륭한 분께 여쭤보시는 게 좋다고 조심스레 말씀드립니다

김 비서 커피 한 잔 내와요 내가 지금 머리가 아프니까

어머니가 평생 바닥 위에서 생선을 팔다 그나마 지붕 덮인 가게를 얻었더니 동네 사람들이 무어라 수근수근댔는지 아십니까

아 라도 거지가 서울 와서 출세했구나 했더랬습니다 모질게 가

난하여 자식을 먹이겠다고 빈몸으로 상경한 부모님이 라도 거지
라니

아까 무슨 얘기했었지요 아 그래, 정의 김 비서 커피 말고 물을
내와요 목이 말라도 말라도 이렇게 마를 수가 있어? 내와요 어서

지끈지끈 아파오는 이 머리 상자 같은 방에서 공부해 변호사가
되었는데 물도 못 마시게 아무나 다 찾아와 정의를 논하는데 기
가 차

대한민국 그렇게 뜨거워요?

나라를 사랑하십니까

잘 생각을 해봐요

당신이 뛸 때

박수소리가 들리더이까

자정도서관 그리고 청량리

녀석들은 취해 있었다
그 기집애가 꽐라가 되어 나한테 안겼지 뭐냐
별거 아냐 난 별 마음도 없는데 괜히 안기고 지랄이야

뭐해, 기분은 어때, 오늘 점심 같이 먹을까

서성이며 길을 걸었다 한 녀석이
불안하고 설레고 목이 마르는 한 녀석이

녀석들은 취해 있었다
그 기집애가 알고 보면 성격은 얼마나 또 더러운데
알고 보면 별 거 없는 애야 집안도 크게 잘나가는 것도 아냐

기말고사 준비는 잘 돼가 이따 나 도서관 갈 건데

계단을 오르락내리락 전화기를 폈다 접었다
자판기 커피를 벌써 세 잔째 마신다 목이 마르는 한 녀석이

녀석들은 취해 있었다
야 연애 뭐가 중요하냐 결국 기집애들 돈 많은 남자 찾아가
잘해줄 거 없어 내 여자 아니면 십 원 한 장 쓰지 마 기집년들

우리가 나중에 뭐가 되어 다시 만날지 모르지만 서로 노력하자

뜨뜻미지근하게 시무룩히 여자랑 팔짱끼고 길을 걷는다 목이
마른 한 녀석이
껄, 껄, 껄

그러지 말 껄

Mr. Eve

사과를 하려고 했었다

공격을 해봤자 돌아오는 것은 야성에 길들여진 한 무리의 들짐승

사과를 하려고 했었다

보존해야지 그렇게 아직 새파랗게 싹만 틔웠지 발톱은 분홍어린
네가 보존을 해야지 못써 공격을 하면

사과를 하려고 했었다

덜컥 하고 집안 문을 닫고 들어오니 까까만 어둠뿐이다 나는 사
과를 하려고 했었다 더듬어 물컵을 찾아 물을 마신다

갈증이 줄지를 않아 사과를 하려고 했었다 약통이 어딨나 덜그럭
그럭저럭 찾아냈는데 딱 한 알 남았네 이젠 한 알로는 부족하다

꿀꺼덕 삼켰어 사과를 해야 하는데
방에 들어와 물끄러미 전등을 켜서 그 밑에 서 있는다 얌전하게 보이려고 입은 수트가 꼬깃후줄근하다 아 오늘 사과하는 날이었어

책상에 앉는다 까칠 따끔따끔한 눈가가 더욱 건조해온다 물크덩 하고 올라오는 이 한기, 이 짠내, 이건 뭐야 나는 사과하고 온 사람이야

나는 나를 보존하려고 한 거야 그래서 사과를 한 거야 영악한 결정이었고 참으로 지혜로운 결정이었어 대단하잖아 이 인내란

입고 나갔다 온 이 감색 수트를 봐, 저 검정 구두를 보라고, 가방조차 뭐 하나 흠집이 없어 나는 사과를 하고 들어온 사람이야

물러서 거울에서 물러서 오늘은 세수도 할 거 없어 물러서

내일 해가 뜨기 전에 커튼을 야무지게 쳐둬

나, 사과를 마친 사람이야

지혜송

바른 길이 나 있다

해는 높이 떠 있고 길옆에 싱싱한 풀숲이 치밀하다

나무는 온통온통 어금니가 으드득하게 시퍼렇다

바른 길이 나 있다

나 있는 곳에 바른 길이 있다

아하 좋다 함께 가요 우리 날도 좋고 사이사이 따뜻한 손도 한 번 잡아봅시다 괜찮은 길이야 그렇지요

노래를 할까 첫 음이 뭐더라

박자 그래 걸음걸이에 박자를 실어서 노래를 입혀 잘 불러야 돼 옆의 사람이 들어 가사 틀리지 말고 불러

바른 길이 나 있다 노래를 해요 우리 다 함께 둥글게 둥글게 노래하며 이 길을 같이 가요 신이 나요 괜찮지요
아하 괜찮아 점점 뒤에 띄엄띄엄 사람들이 따라오네 간격도 적당하니 멀지도 가깝지도 않아 인사나 나누지요
아 근데 당신, 이름이

아무래도 괜찮지요 바른 길이 나 있다 나 있는 곳에 바른 길이 나 있다 해는 높고 풀은 싱싱하고 나무는 퍼렇다

길이 참 곧고 바르다 넓기도 하지 옆에 사람도 있어 빠르지도 느리지도 않은 걸음이고 함께 부르는 노래는 정확해

비비디 바비디 부
비비디 바비디 부
까만 밤은 싫어요
해를 보내주세요
소원은 하나씩
착한 공주님이
성으로 돌아가네
비비디 바비디 부

아하 아하 다함께
착한 공주님이
성으로 돌아가네

박수를 쳐요 저기 성의 대문이 보인다 바른길 끝에 성이 보여
나는 주우욱 밀고 들어가서 여보세요 안녕하세요 인사를 해
사람들도 성에 뒤따라 올 거야 노래를 같이 불렀어 각자의 방에
가는 거지 일 층 이 층 삼 층 사 층 성은 크고 넓어 계속 올라가

방이 보여?

들어가

네 세상이야

나팔수의 이름을 불러줄게요

나는 세르비아의 귀족이었다

짙은 블루가 내 집안의 상징이었고 아침에 일어나면 잘 다려진 드레스가 침대 앞 시녀의 손에 들려있었다

할 말이 있으면 시종을 보내면 될 일 굳이.

나는 세르비아의 귀족이었다 먹고 말하고 입고 하는 모든 것들이 나에게는 추앙과 공의로움의 대상이었지

목이 껄껄하군 물을 한 잔 줘요

한 번도 직접 먼저 화를 낼 이유가 없었어 안 될 일 나는 세르비아의 귀족

집사를 시켜 의향을 전하면 될 일을 소란스레 무어 그리 해야 되나요 아직 물이 도착을 안 하네요 물을 주세요

아니, 혹시 의향이 있으시다면 옚게 애프터눈 티를 한 잔 가져다 줄 수 있나요 난 강하게는 안 마셔요

불편하시면 다음에 여쭙겠습니다

창문을 좀 열어줄 사람이 있나요

바닥이 거칠다 세르비아의 성에는 매끈하게 잘 손질된 최고의 석재가 바닥에 깔려있었지 여긴 마룻바닥

제가 열겠습니다, 아 여긴. 정원수가 없군요 유감이에요

저건 뭐지 창문 옆 나팔 하나. 세르비아의 성지기가 손님이 오거나 내가 외출을 할 때 불던 나팔과 비슷한데

저 나팔은 누가 부나요 집사님이 계시는 집안이로군요 물은.

제가 떠 마시러 가야 하는군요 집이 소담하니 참 좋습니다 나팔수는 언제 도착할까요?

세르비아에서 귀족들은 음악을 연주하는 일이 드물어 시종들이 마을에서 연주자를 구해다가 옷을 해 입히고는

내 응접실에서 연주를 했었어 띵까당 띵까당 체르르르르르 떨던 바이올린을 기억해 그 연주자는 구두장이 아들

가끔 내 편지와 함께 이웃 성으로 심부름도 보내곤 했지 참 훌륭한 전령이었어 재주가 있으니 모양새도 나고

나팔수는 아직인가요?

큰일이군요 제가 긴히 꼭 세상에 여쭐 말씀이 있는데, 나팔을 꼭 불어야 하는데 잘 부탁드립니다 저는 세르비아

귀족이었거든요

남들이 공연히 트집을 잡을까 숨기고는 다녔지만 사실 이 스커트는 예전 그 블루, 내 집안의 상징이에요 바래긴 했어요

나팔수가 속히 와야 귀족인 내 스커트에 흙먼지를 뿌려댄 괘씸

한 그 남자를 세상에 보여줄 수 있는데 전 참 가련하지요?

나팔을 잠시만 줘보세요

아 물이 차더군요 저는 티를 넣어 마시는데요 쿨커덕쿨커덕 귀뒤로 넘어가는 마른침 소리 입을 가릴 손수건이 어딨더라

어휴

저는 이 나팔을 부는 법을 성안의 나팔수에게 차마 묻지를 못했어요 늘 제 방은 멀리 있고 그이는 오는 법이 없어서요

살풋 웃음이 나온다 내가 갈 일이 없지를 않아 그이에게

잠시만 이걸 불어봐주시겠어요? 먼지가 좀 앉긴 했네요, 제가 닦아드리지도 못하고 실례합니다

나는 세르비아의 귀족이다 저 나팔소리가 울려 퍼져야

오욕과 불안과 어둠의 날들을 몰아내고 비로소 그 새파란 블루

의 스커트를 다시 해 입고 과연 내가 누구인지 발표가 된다

울어라 나팔아 내 옥 같은 피부 명석한 두뇌 꼿꼿한 허리를 보아 어서 세르비아로 가라 나팔수야 네 에미애비의 영광이다

보여주어야지 우아하게 견뎌냈노라 오욕과 불안과 어둠의 날들 그 폭력들이 차마 날 해치지 못했노라 보여주고야 말 것이다

빛나는 나를 보아 실수한 것이야 어째서 감히 내게 삿대질 채근질 세찬 따귀를 날렸던 것인가 나는 태생과 근골자체가 다른

세르비아의 귀족이다

치열하게 견디리라 그 빛나는 자리 내 가문의 푸른빛이 날 데리러 올 때까지 그 마차소리 나팔소리가 내 길을 열어줄 때까지

죄송하지만 나팔을 한 번만 불어주시면 안 되겠습니까

곰이다

쑥을 먹던 곰이 아니야 마늘 그것도 아니야

사료를 먹는 착한 곰이어요

우와아아아 나는 곰이다

우리는 튼튼하여요 수의사는 의사여요
앗 차거 물놀이도 하여요

뒹굴뒹굴 잘만 굴러가면 쿠키를 먹어요
나는 곰이다 곰이다 너의 곰이다

말랑말랑해 보이는 발바닥이야 발톱 아니야아아

박수를 쳐요 그런 곰이어요

솜사탕 같은 곰이다 나는 곰곰곰히 곰이다

동굴 아니야 네모반듯한 내 방이라고 곰은 거기에 살아요

아!

엄마는 어디 갔지?

엄마곰이는 주사를 맞고 동물원을 나갔어요 나는 여기 살아요

곰곰곰히 곰이다 곰곰히 곰이다 곰이 곰이다 곰이다

박수를 쳐보자 후다다닥

나는 곰이다

동그란 쿠키를 던져주세요 마늘 그거 아니라니까

눈이 녹다

그래요 차분히 앉아서 말을 해봐요

커피 한 잔이 정갈하게 앞에 와 다소곳하게 잡아 입술을 축였다

교수님 저는 억울합니다

그래요 더 얘기를 해봐요 학생이 참 힘들겠어

심장이 싸르르 울려온다 이걸 어쩌지 이걸 어쩌지 입을 떼어보아

어…억지로 그가 어깨에 손을 올리고는 싫다고 뿌리쳐도 따라와
허리를 감싸고는

흐음 性 교수 그렇게 안 봤는데 못된 사람이네 나는 그런 일은
상상도 하지 못했어 딸 가진 사람이 그래도 돼?

전화벨이 울린다 해가 떴어요 말갛게 해가 뜨더니 하얗게 눈이

내린 교정의 알싸한 공기를 고즈넉하게 내려다보는 거야
교수님 저는 억울합니다
지난번에 제가 드린 양주며 에어컨이며 접대해드린 화사하고 말랑말랑한 아가씨들은 그사이 다 잊으시고 저를 이 저를
난봉꾼이라고 하시는 건가요 그건 그저 그 계집아이가 정신머리가 없어서요, 아 저는 유혹을 당했더랬습니다 저 지금
운전 중인데요 심장이 벌렁벌렁 뛰고 억장이 무너져서 잘 들어갈지도 모르겠습니다 억울합니다 억울합니다 억울합니다
오를 것이다 나는. 昇昇할 것이다. 잠깐 性했을 뿐이야
오를 昇이다 나는. 이름자에 오를 승이 있어. 억울하고 가난하게 살던 내가 오르다가 잠깐 계집아이 스친 것을 가지고
세상이 하나님이 오직 주가 내게 주신 저 자리를 가는데 다리를 걸어

옳거니 그래 내가 여기 올라와봤더니 믿을 건 자네뿐이야 누가 나한테 그렇게 살가웁게 입안의 혀같이 이런 저런

서어비스를

주겠냔 말이다 날씨가 이렇게 좋은데

못된 버르장머리들

운전 잘해 성교수 눈이 녹는다잖아

귀갓길 에피소드

밤사이 길을 걸었다

동이냐 서냐 잘 모르고를 걸었다

언덕이 높았지만 나는 어머니 집에 가야만 했다

가만히 서 있을까 고민도 하였다

나무발치에 얌전히 앉아 찬 기운이 웅클웅클 귓곳구멍으로 스며드는데

내려가다 어흥 맹수가 나오면 어찌해 왈카닥 엎어지면 어찌해 그러다 어머니를 못 보면 어찌해

으스스스 떨며 고민고민 아예 잊고 해를 기다릴까 무릎에 눈을 짓누르고 비비고 한숨을 쏟아내렸지

등줄기가 뻣뻣하게 굳어내려가 무릎 발목 발가락이 저려 감각이 없어지니까 이젠 그마저도 힘이 들었어

밤사이 길을 걸었어 내려가기만 하면 무엇이든 수가 나오겠지 그 평원에 어머니 집이 있으니까 일단은 내려가자

해가 뜨는 쪽이 동이고 지는 쪽이 서라는데 나는 그걸 알 길이 없었어 아 어머니 어머니 밤새 기다리시고도 못 주무셨을텐데

품에는 좋아하시던 풀빵이 한 봉지가 들어있는데 식어버렸어 이걸 드리려다가 차마 못 드리고 오늘 이별하면 나는 어떻게 해

밤이라도 걸어 이 자식놈아

남들이 뭐라 하든 걸어 이 자식놈아

내려갔더니 마을 반대편이면 좀 어때 서쪽이면 어때 소리치면 어디선가 어머니가 들으실 거야

하 이것 참

산에서 이 꼴로 내려가면 나는 빨갱이 풀빵 먹이려다 방향을 모르고 굴러 내려온 간첩 계집인 거야 계집이 산을 왜 탔어 그래

웃어 이 자식놈아 울며는 산새도 네 면상에 똥을 갈길라

영원과 오늘

안다 그대여 젊음이
그 청년이 말이다

빛나지가 않았어 책방 구석에서도 무서웠겠지
먹기 전에 늘. 메뉴판 가격을 확인했을 거야

천둥벌거숭이 신세를
언제나 면할까 시험날에 영혼을 맡겼다 숱하게도

우두커니 앉아 밤에 내일을 모레를 내년을 지혜롭게 설계도 해보고 어제를 반성도 하며 살아봤겠지만 못 건널 바다 같은 세상이

수분을 뺏어가 아 그리고. 몸 안의 열기라 할까 허파안의 푸른 숨이랄까 그것들을 모두 수거했던 것이다 그대의 사랑까지도 아 사랑

오직 너만을 나는 오직 너만을 함께 이 넓고 긴 여정길 위에 서리라 약속하던 그 사람도 잃고 그 다음 사람도 잃게 했던 것이다

서른이 마흔이 오십이 오도록 나는 세상에 쪼그라드는 뇌요 척수요 손과 발이요 이따위 것들만 남겨둘까봐 눈뜨는 아침이 서먹하고 울먹하고 소스라치게 등줄기가 뻣뻣해지던 그 시간들을 안다

그대여

누가 그리했을까

국가가, 아니 세계가 또는 아해여서 기집이어서 가진 것 없는 아비의 아들이어서 모두모두 따지고 들다가 그나마 숟가락을 놓칠까

그대여 아, 쓰라린 그대여 입김을 호호 불어봐요 아직 불이 안 들어오는 방 안에 우두커니 앉아있는 것을 안다니까 나의 이 사람아

창에 바짝 다가가 입김을 호호 불어 그리고 적어요 손끝이 시려도

다시

그리고

영원히

또 한 번 다시

그리고 영원히

소멸하지 말아요 그대 나는 그대의 어제 그대의 백년 전 그대의
오백 년 전 그대의 태초 그대의 첫 숨결 바로 그대, 하찮은 그대

하지 않은 그대

똥을 푸던 학교 머슴의 손자가

뒤쫓아온다 그랬었다 한 잔 해

마셔 잊어 뭐 그런 걸 마음에 둬

계속 뒤쫓아온다 그 무리가

호쾌했던 것인가 아니면 짐짓 그래본 것인가

사내야 아니 나는 도시여자다 이름이야 많긴 했지만

마흔을 앞두고 보니 그냥 우리는 꽁무니를 서로 물고서

빙빙 돌기만 하던 덜 익은 짐승 한 무리 그리고 두 무리

천사는 되지 못했던 것이다 그건 비. 이성적인 선택이다

친구야 야이 동창아 이 계집애야 그래가지고 팔자가 피겠어

마셔 잊어 뭐 그런 걸 마음에 둬 그게 다 한때다 청년기지

빙글빙글 돌다보니 둥그런 우주원리를 깨우친 것인가

세상에 둘도 없이 천하던 학교 소사해먹던 못 배워먹은 할비를
잊고

이제 선생노릇 좀 한다 싶으니 세상이 덜 바뀌었으면 하는 것이다

아니 되었어 한 잔 해 마셔 남기지 말고 비. 이성적인 얘기는 하
지 마

미친 줄을 알아 네가 적당히 물러서 둥글게 좋은 게 좋은 거라
고 하잖아

그 계집애 얘긴 꺼내지 말자 결혼을 전문대 나온 여자랑 해 어
떻게 내가

똥 푸던 할비 팔자를 세탁하고 여기 왔는지를 알아?

전라도 가로등이 예전에 얼마나 됐는지를 알아? 나는 내 아비는 무서웠다!

나는 말이다 아비의 오입질도 어미의 광란 같은 집착질도 포장하고 여기 와 서 있다

면천. 쉬운 얘기인가 주어진 선택지에 똥그라미 똥그라미 둥글게 치는 것만 숨차 마셔! 마시라고

뒤쫓아 온다 괴물이 경상도에서 충청도에서 강원도에서 아니 서울에서

호쾌하게 한 잔 해. 한 잔 해. 마셔라 마셔라. 한 번 에 다 마 셔라 하면서

나는 이 둥글게 둥글게 모임을 어떻게 탈퇴하는지 알지를 못해

쫓기는 신세다. 쫓이 기고 있어 지금.

계집종 이야기

청맹과니야 네가 어릴 적에 뜨거운 술을 마셨다고 하였다

부뚜막에 올려진 뎁혀지던 제사주를 집어들어 마신 것이다

그러길래 그 수 놓고 글책을 가까이 하던 마나님의 제사주를

감히 언년이 네가 마셔서 청맹과니가 되었니 차라리 이참에

평생 해놓을 빨래걱정일랑 붙들어 매고 안마를 배우련

네온사인이 휘황찬란하다 아주 번쩍번쩍 거리엔 온통 음악이

어깨춤이 절로 나는구나 길 가는 주정뱅이들이 그래도 옷차림이

좋아 괜찮아 부유해보여 구두는 또 어떻냐 나이들은 젊기도 하지

훔쳐 먹은 제사주는 잊어 넌 이제 손이 있지 않아 두 손이 말이다

힘을 살짝 빼 그래야 손님이 다시 찾는다 안마를 해봐 짭짜름한

냄새 촉감 그 공기의 맛이란

제사주가 뎁혀지던 주방과 같지를 않느냐 청맹과니 이 여자애야

모르겠니

그 상을 엎고 도망을 쳤어야 한다 너는 고상한 마나님의 안방에

네 에미애비의 피눈물로 새겨진 노비문서를 집어 들고 튀었어야지

어쩌겠니 이제는 쿵짝쿵짝 샤랄랄라 빛나는 조명 아래 두 손을
꺼내

꺼내어 갖다 들이밀어라 그 안방아가씨의 조카. 아들. 남편. 아
주버님

시중을 들어야지 군소리를 말아야 해 청맹과니야 너의 돈이 저
기서

왈칵 쏟아질 때 당황하지 말고 받아 마셔 괜찮아 다시 그 주방으로 가

제사주를 훔쳐 마시다 매타작을 당하고 싶지 않거든 조명빛을 받아

춤을 출 줄 모르면 웃어라 청맹과니야 웃는 법이 이렇다 잘 들어봐라

마치 데여보지 않은 듯 그 직전으로 돌아가 제사주가 네 머리로 그 위로

쏟아지기 전처럼 말이다 천진난만하게 마치 마치 네가 아가씨인 양

흉내라도 내야지

이 눈치 없는 계집애야

너는 법을 몰라

건전지 마을 이야기

괜찮다 아직 이 밀리가 남아있어

큰 숨을 들이쉬고 마을로 나섰다 가는 길에 보이는 저 큰 문

밀리가 쌓여있다는 그 큰 문 말이다 누구라도 저기서 나오면

들리는 소문으로는 꽤 인사해야 한다지

누구누구인가는 그걸 받아 저거보단 작은

집을 지어 밀리를 쌓아놓았다 한다 부지런히 잘해야 돼 인사를

인생이 그래 벌어서 밀리를 올리는 것은 중요치가 않아 핵심이 아니야

저 큰문으로 들어가는 길을 잘 걷는 것. 누구라도 동의할 것이야

생각을 해봐 오늘 일 밀리 내일 일 밀리 가당키나 한 얘기인가

병신 같은 자식

지가 건전지인 줄도 모르고

아니 그게 아니다 잘 들어보아 저 큰문 뒤에 사는 이가 말이다

착취한다는 그런 이가 아니야 설욕을 딛고 밀리를 쌓아 기어이 리터가 된 양반이란 거다

나는 말이다 언젠가는 저런 리터가 되겠어 밀리 그리고 센티 이런 것에 비할 바가 아니야

오늘은 밀리를 벌러 나가겠지만 언젠가는 리터가 되어 있을 거야 저 양반도 그랬다고 해

병신 같은 자식

지가 건전지인 줄도 모르고

하 이것 참 사람이 참 부정적이야 그러지 말고 들어봐요 저 리터 양반이 인사할 때 웃어요

웃어준다고 밥도 같이 먹어 물어봐주기도 해 댁내는 평안하시냐 선생님 건강도 하시냐 하며

한 번도 찡그리는 법이 없어 길가다 보면 악수를 청하기도 하지 박사학위를 땄다지 아마

병신 같은 자식

이거 봐요 사람이 그런 열등감을 가지고 살면 못 써 긍정적으로 잘난 사람과 조화를 이뤄요

지가 건전지인 줄을 모르고

됐어요 그만 얘기합시다 그래도 주일날 기도모임엔 좀 나와요 교수도 있고 변호사도 있어

우리 딸 의사한테 시집보내려 해 애가 이쁘장하고 학교도 괜찮

고 착하잖아 서로 호감도 있고

병신 같은 자식

이거 봐요 센티 양반. 밀리가 센티 되는 건 쉬워도 리터 되는 건 처세가 필요한 법이라구 모르겠어?

병신 같은 자식 지가. 건전지. 인 줄을 모르고

라푼젤 집안의 십대손

머릿결에 광이 나서 라푼젤이야 알아 그 머릿결을 맞아봤어?

아파

동동 치켜올리면 목도리 도마뱀같이 위엄이 서는 머릿결이지

대단해

라푼젤 라푼젤 이름만 적어도 세상이 다 알아줘

공주구나

까짓 영토문서를 공개할 것까진 없잖아 머릿결을 잘 다듬어요

비오면 굳이 문 열 거 없어 보는 사람도 없는데 샤워는 무슨

해가 나와야 머리칼을 감고 빗고 하는 것이야 다들 그렇게 했어

우리 증조할머니가 어땠는 줄 알아? 그님 참으로 영민하셨다

서화에도 능하시고 때로는 요리도 하셨지 시종들에겐 넉넉하시고

젊어서 말이다

머릿결관리를 그렇게 잘하셨다고 해 마치 원래 라푼젤 그 할미
마냥

이십 년만 빗질하면 후손들까지 영광스러운데 조금만 부지런히

빗어봐 이 기집애야

큐피드의 고백

초라하고 죽을 것 같지

차이니까 말이다 그것을 쉽게 실연이라고 한다 사랑을 잃었다는 뜻이야

왜 못생겼으니까 돈이 없으니까 차인 것 같지 맞아 그래서야 사실이지

누가 마다하겠어 더 예쁘고 더 돈 많으면 그 물건을 집는 거야 넌 탈락

시계가 굴러간다 아니 시계가 흘러간다 그것도 아니 시계가 돌아간다
아무렴 어때 너는 그냥 초라한데 괜찮아 변할 것이 없어 안전히 있는 거야
사랑이 참 잔인하다고 그 얘길 주절거릴 거면 잠깐 쉬어봐 뱉으면 후회해

마치 너는 천 사 인 양 그럴 것은 아니야 그냥 지금 초라한 한 마리

사람인 것을

후회할 것 같지 아니다 후회를 하도록 분기를 끌어올려 얼굴에 분칠이라도 해
그래야지 뽀오얗게 분칠을 해 입술도 빼먹지 말고 밥을 왜 먹니 날씬해져야지
어지간하면 클래애애애식을 배워둬 얼마나 잘 팔리는데 부잣집 도련님들에게

말해보아

네가 준비하는 것이 사랑인 것이다 그렇지?

가만 있자 차여서 부끄럽고 수치스러워 살을 빼고 분칠을 하였는데 가난한 네가 부잣집 아들을 꼬시려고 클래애애애애식을 배웠는데 나는 너에게 사랑을 그러니까 사랑을. 주어야 하는데
이거 결재대상 맞아?

세일즈 같은데 다른 천사를 불러다 줄게 기다려봐 기다리는 동안 그 남자에게

전화는 하질 말어 괜히 쿨한 척 맨 정신인 척 그래봤자 그 남자는 다 알아 어떻게?

걔한테는 말이야 실은 큐피드가 없어

루시퍼가 가 있었단 말이다 그 파티와 섹스를 즐겨한다는 루시퍼 말이야 속은 시꺼매도 일처리는 뒤끝이 참 명료해 나는 걔한텐 맨날 지는 것 같단 말이야 여튼

너한테 필요한 건 나. 큐피드는 아닌 것 같아

조약돌을 줍다

때로는 해가 너무 강하기도 하였다 그러다 비가 시야를 꽉 채우며 쏟아지기도 하였다 추운 날이 당연히 있기도 하였지

날씨를 얘기하는 것이 아니다

길 위에 사람이 있지를 않았었다 우리는 서로 지나치기만 하였는데 그럴 수밖에 지쳤었거든 말을 한 마디를 건네어 볼 수 없었던 거야

정이 없어 그런 것이 아니야 두려웠던 거다

풀뿌리냐 아니 나무뿌리냐 분간할 여유도 없었어 그냥 걷기만 하였던 것이지
왜 앉아 쉬지 않았냐고 할 텐데 그러지 말아요 나는

앉아있는 시간이 공포였다구

조용조용히 가만가만 다가오는 짐승을 알아 그 짐승은 태생부터 내 곁에 있었다고 한다 성을 갖고 있고 또 성을 갖고 있고 역시 성을 갖고 있었지

가진 것이 많은 짐승입니다

가만히 앉아 당할 수는 없으니 걷기로 결정한 거야 아니 선택지에 그것만 있었어 걷기 걷기 걷기 걷어가지

그 선택지를 내면 말이야 바로 내몰리는 거야 그 길 위에

처음엔 어머니를 불러 그다음엔 아버지를 원망하고 마지막엔 친구를 저주하지

그것을 우리가 길이라고 불렀던 것이다 끝이라고 부르지를 못하고

어머니도 아버지도 친구도 그냥 다 끝이 없이 길 위에 각자 걷고 있는 거다

차마 큰 돌멩이는 가져보질 못해 그 길 위에서는 언제 물을 마

실지 알지 못하고 또 언제 쓰러질지도 알지 못해 그러니 무거운 건들지 못하는 것이야

처음엔 어머니를 내려놓고 다음엔 아버지를 버리고 마지막엔 친구를 걷어차

조약돌

하나 집어넣었어 외로웁지 말라고

나야 나야 이 나야 그대야 외롭지를 말라고

하나 집어 호주머니에 넣으니 둥그렁 둥그렁 거기 있구나 알겠더라구

하느님. 아니 절대자. 혹은 창조자 무엇이라 불러도 상관이 없어 이것이 거기서 나온 것이라는 사실은 지금 내 호주머니에 있는 것이니까

나는 조약돌이 된 것이다

승자 클럽

기대지 마

기대하지 마

오지 않는다

그 정의라는 놈

오백만 원 벌지 마

변호사 갖다주지 마

오지 않는다고 그 정의라는 놈

왜인 줄을 알아?

그 변호사를 밀어올린 것은 가난이다 정의 아니다 두려움이다

혹독함이다

또 배신이다 외로움이다 억울함이다 서러움이다 체념이다 절망이다 그런 거다

다 같이 그런 인생 기다리지 말란 말이다 정의란 것이 말이다 불냄새가 난다

누굴 태워야 돼 사람을 사람을 너처럼 팔과 다리 단백질 탄수화물 들어있는

사람 말이다 장작같이 스스로 불을 내어야 돼 자 네가 탈거냐 누가 탈거냐

오백만 원 벌어 괜찮아 대신 말이다 그걸로 밥을 사먹어 안전하게 그리고 있지

도망가

괜찮아

춥다고 자꾸 웅크리지 말아요

겨울은 다시 오면 그땐 화석이 될 거야

아프다고 외쳐봐야 무엇을 할 거야 이 조용한 세상은

뒤를 돌아보지 말라니까

차가 앞에서 돌진해오잖아

길이 넓어 그리고 길어 노래를 불러봐도 삼켜지는 이 진동 그리고 소음

가방지퍼가 열렸어 닫아요

짓물러버린 초콜릿을 꺼내고 닫아 그리고 먹어

춥다면서 아프다면서

왜 그냥 서서 두 볼이 다 얼어버리게 울고만 서 있어 이 사람

시퍼렇게 질긴 삶을 왜 연탄가스라도 마시게

사십 년 전 누이가 어미가 연인이 걷던 이 지리한 길, 그때 그 길

확인하지 말아요 내가 맞은 자리가 한 군데인가 두 군데인가 세어보지를 마

괜찮아

벌판으로

울고 있나 그대

눈가가 짓물러서 이젠 따끔따끔 바람만 불어도

기침을 크게 해봐도 안 뱉어지지 그 시간들이 말이다

나는 스물이었다 아니 열일곱이었다 그럴 것도 없어 서른에도 말이다

울고 있었나 그대 그 사각진 공간이 어딜 가나 넓든 좁든 말이다 없었던 것이다 그대의

자리가

위로

그 탈을 쓴 자를 한 사람 한 사람 쫓아갔더니 막다른 골목이었

을 것이다 기가 막혔지

괜찮아 일어서자 하고 숨 크게 들이쉬고 일어서면 말이지, 뒤에서 누가 쿵하고 돌을 내려트렸어

피냄새가 물씬 머릿속에서 비강으로 퍼져나오고 물컹 하고 덩이덩이가 목구멍에서 치솟는 거야

왜냐고 물어볼 사이가 없었겠지 어찌해 그 물음을 살지 말지를 모르는데 말이다 무기력한 그대야

왜 태어났을까 나는 짐승인가 아니다 그냥 풀인가 풀도 아니야 잡초인가 잡초라면 다행이게 여기저리 채이는 싸구려

공이던가

하느님은 무슨

어머니도 손가락이 두꺼워져 누구 집 아줌마인데

울고 있나 그대

내일은 어찌 살아남을까 쌀값 물값 차비 계산을 해봤을 거야 그러다가 그냥 걸어서 그 도시를 종단도 횡단도 해보았다

전광판에 번쩍 번쩍 인사를 해 누가 그냥 사람 하나가 모를 사람인 거야 대통령이 바뀌면 뭘 해 너는 그냥, 그대는 그냥

아까 내가 공이라고 했던가 중요치가 않아 살아도 죽어도 그대는 무엇이 되겠어 관심두지 않았던 것이다

벌판으로 돌아오라

그대야 내 아들아 딸아 아이야 아이야 울고 있는 천둥벌거숭이 아이야 그대 오십 먹은 아이 육십 먹은 아이야 그냥 모두 다

벌판으로 돌아오라

도시의 아래 칸에 수도가 콸콸 나오더라도 그 수도를 질끈 잠그고 떠나라 벌판으로

돌아오라 돌아오라 찢기고 피 흘린 그대야 거기 서서 동여매지 마라 차라리 흘리며 돌아오라 벌판으로

모르겠나 수도가 잘 나오는 집이 말이다

노예의 방이더란 말이다.

낙타

낙타가 돌아온다
허무맹랑하게 비어버린 혹을 가지고 한숨을 융단삼아 밟고 이끌려온다
나의 낙타가 돌아온다
이름도 지어주지 못했는데 집을 나가버린 낙타가 비어버린 뱃속을 해가지고

꿈을 꾸나봐 걷다가 꿈을 꾸나봐

얘 낙타야

물그릇을 내밀었어 살짝 입술에 축이더니 억지로 들이마시는 낙타

무릎을 굽히더니 천천히 내려앉는 거야 눈을 꼬옥 감고 엎드렸어 한숨을 푹 쉬어

아깃적 흔적이라고는 속눈썹뿐인 거야 미지근한 이마를 쓰다듬

었지

낙타야 자니

가느다란 숨이 간신히 코를 들고 나는 낙타야 어쩌다가

발을 살펴보고 말라빠진 궁둥이도 만져봤어 어디를 얼만큼 돌아온 건지

달이 뜨는 밤이 됐는데 낙타가 눈을 잠깐 떴어 뭐가 생각난 듯이 벌떡

일어났어 귀를 쫑긋 세우고 하늘을 향해 몸을 쭈욱 뻗는 거야 활짝 활짝

눈에 별빛이 담기었는지 총총한 두 눈을 해가지고는 나에게 다가섰지

낙타야, 낙타야,

말을 하려는 듯 뜨거운 김을 내 얼굴에 쏘면서 다가와 낙타야
내 낙타야

급한 듯이 앞발을 구르는 거야 신이 난 건지 할 말이 있는 건지
고개를 가로지어 세차게

나는 지켜보다 지쳐서 잠이 들었는데 아침이 돼서야 일어났어
해가 돋는 곳에 낙타가 가 있어 한 발 두 발 세 발 네 발 몇 발
이고 걷고 있어

동쪽 저 멀리 아주 멀리 끝에 낙타가 사라져 가

낙타야!

부르지를 못하겠어 세상 많은 낙타 중에 내 낙타인 건 맞는데
이름을 주지를 못하였거든

낙타야…

중얼거리다 대문도 열어둔 채 길을 나섰어 낙타야 나의 낙타야
우리 이제, 기다리지 말자

입사지원

집어치워요 괜찮아

아프지 그 홀러덩 벗겨진 번데기 같은 붕대나부랭이

다 보여 말랑말랑하고 스며나오는 그 진득한 액체들 벌어진 틈으로

나의 꿈 나의 꿈
물어봤어 나한테 뭐가 되고 싶으냐 이 회사라는 데에서 너는 이 회사의 무어냐

이념이지요, 아 예 회사의 가치, 그리고 저, 뗄 수가 있나요
마모된다고 해야 하나 나 지우개같이 닳아버리는 거야

지루한 노랫소리 이제 그만 불러대요 아까 사 절까지 다 불렀어
사 절 사 절

사랑인가 이거, 나는 결혼하기로 했어요 입사가 되면요
헤어져야 하나 만일에 내가 회사가 나를, 선택해주지 않는다면
이제 그만 실험하고 싶어 왜냐면 이미,
숨이 차구요 잘 모르겠구요 쉬고 싶어요 요리하고 간보듯 하는 로맨스
아이를 낳고 싶은 건가 음, 그런 것 같기도 해요

매달리지 말아요 그 손 떼어버려 붕대는 버려도 돼 괜찮아

나요, 먹어야 해요 무서워요 계속 발버둥을 치는데요, 자신이 없어요

등을 보이지 말래도 그래 옳다구나 순종한다 덥석 잡아다 회사 가장 안쪽자리에 앉혀주지를 않아

아버지는 퇴직을 하셨어요 저는 결혼을 해야 돼요 어머니 오늘도 거실에서 늦게까지 못 주무시고 기다리실 텐데

쉿

귀를 기울여봐

친구들은 먼저 입사가 되면 연락부터 끊더라구요 사는 세계가 다르니 그럴 거다 이해를 해요 나 이러자고 부모님 적금 깨서 유학 다녀온 거 아닌데요

조용히 해보라고 저 소리를 들어봐

도적떼다 강도야 나라의 경계를 넘는 저것들의 소리를 들어

너를 노예 삼는다 작정을 하고 덤비는 저것들의 손과 발 두 눈을 보라고
삼키겠다고 침을 뚝 뚝 흘리고 너를 증오하고 비난하는 저 손톱 발톱을 자세히 똑바로 봐 저기를

무섭습니다 꼼짝을 못하겠어요

가만히 거기 서 있으면 먹힐 때 덜 아플까보아 저놈의 주둥이에 처음 들어갈 목덜미의 통증이 느껴지지 않을까보아

도망쳐도 소용이 없잖아요

숨죽이고 똑바로 보아 저 녀석의 심장위치를 잘 보아 손에 쥔 것이 아무것도 없는 너라도 괜찮아요 움직이지 마 물러서지 마 딱 거기 버티란 말이다
그 녀석이 전력질주를 해올 것이다 너의 코앞까지 들이닥칠 것이야 시커먼 입을 벌리고 옳다구나 집어삼킬 것이다 그 순간.

그 가슴팍에 손을 넣는 것이다 오직 그놈의 속도에만 의존하는 거다 물러서지만 않으면 되는 거다 그 팔 하나를 슬쩍 앞으로 뻗어 쿡 집어넣어

집어넣어 꺼내어 들이마시어

너야

너야

이시간 씨와 나

시간이 한 걸음
아니 반걸음
어쩔 땐 그 자리

뒷걸음질 치며 내 얼굴을 빤히 들여다보던 너 시간이란 놈

약오르지 하는 표정도 아니, 어쩌다 그 모양이야 하는 눈빛도 아니 그냥

계속 나를 마주보아 망령이 된 연인마냥

꿈인지 생시인지 뭘 알겠어 이제 나는 그냥 걷는 거야 기어가는 건지 원

시간이 반걸음
반에 반걸음
그러다 멈춰서 간신히 숨만 쉬기도 하고

코끝까지 다가서도 미동도 없던 너

죽은 연인 시체같이 꼼짝을 않던 너

바람이 불어 구름이 움직여 어쩔 땐 광풍이 불어 뭐든 다 휩쓸어 삼킬 듯도 했어

시간시간시간 소리 없이 입을 벌려서 그이가 말을 했어 그러다가

처언천히 또박또박 나를 들여다보며 눈도깜빡안하고 얘기를 했지

이제는

우리가

헤어져야 할 시간

다음엔

사랑하세요

가족

거짓말쟁이가 안녕했다

거짓말쟁이가 안녕하였다 외딴 곳 오두막에 살던 나에게

나는 거짓말쟁이가 따듯하고 뭉클하여 거짓말이라 하여도 좋았다

그렇게 우리가 친구가 되고 가족이 되어 집을 짓고 살았는데

하루는 비가 많이 왔어 지붕이 기우뚱할 때 거짓말쟁이가 손을 꼬옥

잡고서 말을 했지

"난 너를 절대 떠나지 않아"

그 다음날에는 지붕이 반쯤 무너져내렸어 그러자 거짓말쟁이는

“기다려봐, 내가 얼른 집 고칠 이를 불러올게”

라고 말하고 집을 나갔어

오리가 꽥꽥 울고 바람은 세차게 불어 나뭇잎을 내 뺨에 때려올리고 부엉이는 부엉부엉 개는 컹컹컹 짖었던 날이야

아주아주 선량하고 슬픈 눈을 하고 거짓말쟁이가 급하게 집을 나갔지

나는 빈속으로 나간 거짓말쟁이의 고픈 배를 걱정하는 거야 이를 어째 어찌해

그날 저녁에 집이 마침내 무너져내렸어 나는 혼자 그것이 주저앉는 모습을 보고 있었지

나는 집을 포기하였어 혼자서는 도저히 다시 지을 수가 없었거든 며칠을 굶으며 기다리는데 비는 멈추지 않았고 거짓말쟁이는 돌아오지 않았어 기둥만 남은 집터를 버리고 길을 나섰지

마을을 몇 개 지나쳐오는 길에 오리, 부엉이, 개가 나를 힘없이 따라왔어 비 맞고 걸어서 간신히 집을 다시 구하고 먹을 것을 구해서 나눠먹다가 등 뒤에서 휘파람소리와 경쾌한 걸음소리를 들었어

"그럼요, 난 세상 끝날까지 당신을 사랑해요 첫눈에 내 사람인 걸 알았어. 내가 좋은 집터를 하나 알아요 같이 집을 짓고 삽시다."

오리 부엉이 개 그리고 나는,

거짓말쟁이를 잃었어

목이 마르고 심장은 두근거리고 숨을 쉬기가 어려워서 더 입에다 뭘 집어넣기가 어려웠어 우리는 한 줄로 새로 얻은 작은 집에 조용히 들어가서 훌쩍거리고 울기 시작했지

한참을 울었어

밤을 지새웠지

아무도 말이 없었어

해가 간신히 뜨고 밥 먹기도 잠들기도 힘든 오리 부엉이 개 그리고 나는 집 밖에 나와서 쭈욱 앉아서 눅눅한 몸을 말리고 있었지

웅성웅성 사람들이 지나가며 이렇게 말하는 걸 들었던 거야 그때

"멀쩡한 청년 한 쌍이 그래, 왜 다리도 끊어진 수해지역에 들어가서 뭘 하겠다고. 급류에 휩쓸려갔다지"

나는 이제 누구를 기다려야 하는지도 몰라

새 시대, 새 도둑

얼마나 힘이 드세요

친일이 참 나쁘지요
역사, 청산합시다 저들은 여태껏 나라를 틀어쥐고는 약자를 밟아댔어

얼마나 힘이 드세요

가카의 아버지가 어땠는지 아십니까

그날 밤 해는 땅에 떨어지고 사람은 드물었고 지하의 방방에서는 노래가 흘러나왔고 마른 듯 처연한 듯 휘날리는 허리를 한 여자들이 매일 같은 화장을 하고는 술잔을 채웠다

얼마나 힘이 드세요

내가 이번에 만나는 여자애가 스튜어디스하고 배구선수가 있는

데 누가 더 예쁘냐

얼마나 힘이 드세요 저는 정의로운 변호인이 되기 위해 로오스쿨에 갔습니다

야 내가 이번에 차를 뽑는데 있잖냐 저번에 몰던 건 좀 심심해서 말이야 지금 배송중이야 차는 역시 외제지

얼마나 힘이 드세요 역사는 청산을 해야지요

힘이 들면 저에게 오세요 저는 로오스쿨을 졸업할 때 다짐을 했습니다 약자의 편에 서리라

얼마나 힘이 드세요 여당이 그동안 해온 짓을 보자면요

여자가 뭐하러 공부를 하니 나 같은 사람 만나서 사모님소리 들으면 그만이지
등산도 좇아다니고 사진도 찍고 뭐 좀 언론에 나갈 것 같은 정의로운 이슈가 있으면 그때그때 재빨리 달라붙는 거야 권력의 정점이 어디냐고 대체, 정치야

정치 정치거든. 정치. 정. 치

얼마나 힘이 드세요 인권변호사입니다 제가

달려가겠습니다

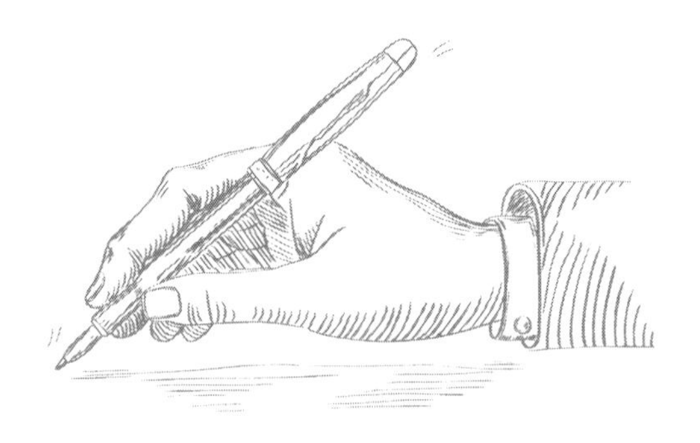

어머니

건너가다

노오란 강물이 흘러

뗏목이 혼자 둥실 떠 있어

멀리 갈까 그냥 있을까 망설이어

목끈은 느슨해 숨이 탁 풀어지는데도

노오란 강물이 천천히 흘러

객이 한 명 기슭가로 다가와서

숨이 다 죽어 흐믈거리는 꽃잎을 밟고

뗏목을 내려다보는데

가지 말아요

뒤를 돌아보는 거야

공기는 후텁지근해 바람도 불지 않아

아들이 웅애웅애 붙잡아서 심장이 불끈불끈

억지로라도 숨을 채워보려는데

노오란 강물이 흘러

가뭄 끝 고작 두 방울 비같이 흘러

느릿 느리잇 천천히 발을 옮겨 주저앉았지

가지 말아요

곡을 하는 어머니 일렁이며 메아리치우는데

노오란 강물이 흘러

발을 뗏목 위에 올려

노오란 강물이 흘러

아들이 우는 소리 소리 소리 뭉개지고 있어

나는 느릿하게 흘러가 아직은 어색해요

아 세상

소생

무릎에서 퍼런 피가

아니 심장에서 퍼런 피가

퍼런 피가 뚝 뚝

숨을 쉬어

지붕이 내려앉았어

땅은 조각이 나버렸지

불기둥이 나와 아이를 갈라놓고

물이 차올라 어머니는 저 밑으로 사라지셨지

숨을 쉬어

하늘이 어디 있나

이 고통 마시려고 태어났나

물어볼 틈이 어디 있어 내가 죽어 죽어 죽어가잖아

아 이 고통 이 고통 고통아 아이가 짓무르고 어머니가

나를 붙잡지 못하고 시커먼 물속에 미친듯이 팔다리를 휘젓다가 축 늘어지는 저 모습에 삶이 이렇게 선명히도 아프다니

나를 태에 넣고 꺼낸 세상이 장난을 치는구나 아이야 어머니 아이야 어머니 아이야 어머니 글로 말로 전하지 못할 이 고통아

숨을 쉬어

썰물을 타고 시퍼러런 해양 한가운데에 나 하나 둥둥 떠 있다 살아 무엇해

돌아갈 나라도 없고 숨을 쉬면 뭘 해요 살면 살면 시체수습만 하

고 남을 이 인생을 어디에 써요 하느님조차 이 죄인을 용서 없이

이렇게 쥐어짜고 밟고 이제는 어디인지 감도 없는 이 물 위에 나 하나를 덩그라니 띄워놓으시고는 악취미야 이것은 고의였다

숨을 쉬어

차라리 죽어 기억을 지워버리지 누구의 취미에 아니 누구의 동냥그릇에 담긴 짤랑 짤랑 휘어진 동전모냥 나를 죽여요 죽여요

숨을 쉬어

우우우웅 밀어내는 바닷물을 타고 다시 돌아온 항구에 시커먼 눈밑을 해가지고 어머니야 아이야 어머니야 아이야 아비규환이다

지옥입니다 하느님 아아아 하느님 이것이 지옥입니다 무엇 하러 저를 살게 하셨습니까

숨을 쉬어

마중을 나가야지 숨을 쉬어

무엇을요 시체를요 내 아이는 이미 반이나 썩었습니다 어머니는 두 눈알조차 물고기가 파먹었습니다 이것이 당신 취향입니까

숨을 쉬어 그들을 파묻어

제 손에 손톱도 빠졌습니다 아이를 어머니를 건지려다 손톱 빠지고 눈에선 피가 흘렀는데 시체수습까지 하라니요 취향이십니까

숨을 쉬어

숨을 쉬어 바람이 되어라 폭풍이 되어라 세상을 휘몰고 나가거라

숨을 쉬어

태초에 내가 넘긴 이 세상이 저놈의 손아귀에 있을 적에 너는 내 아해라

내 피와 살과 뼈를 넘겨 너를 빚어내었노라 바람이 되어라 불어라 질기게

숨을 쉬어 육신의 주인이 되어라 걸어서 땅의 주인이 되어라 바다를 건너 물의 주인도 되거라 나는 너를 낳아 취향을 완성했노라

자식아 분신아 내 영혼아

다섯 살 어머니

손을 흔들어요

호주머니에서 그 손을 빼어들어요

보이네 그 초라한 지붕이

어머니가

처량맞게 울고 앉아 계시던 그 처마 밑이 보여요

손에 반에 반쪽 포개어 미지근하고 질척한 그 손 위에

온 힘을 다해 사시라고 말씀드리던 그 순간에

아… 세상은. 아니. 할배 할매. 이웃집 아내야… 남편들아

아무도 있지를 않았어

내 손에 반에 반에 반쪽이 그 위에 앉아 박자를 맞추며 목 뒤로 넘어가는 그 짠물이 숨을 막아 컥컥 토해내는데

하느님

침묵하셨지

손을 흔들어요

단추가 하나 떨어진 짝짝이 호주머니, 그 안에서 손을 빼어내

흔들어요 어서

구경하던 할배 할매 이웃집 아내야 남편이야 똥그란 두 검은 동그라미 동그라미 동그라미 동그라미 세어보아요

괜찮아 어서

독수리가 그랬던 거야 아프리카 뜨건 바닥 굶어죽던 어린 아이를 먹어치우려고 그 까아아마안 동그라미 동그라미

딱 두 개 무어가 다른가요 손을 빼내어서 괜찮아 살짝 들어 검
지손가락을 가까이 가요 그 동그라미 동그라미에

푹

찔러넣어

알겠어요 이제?

끝난 거야

아들을 두고 가다

시퍼런 눈물이 흘렀다

너는 시퍼어런 눈물을 흘렸다

아 아 아 그래, 울지 마라 멈추어볼 이유도 없었다 나는

울어라 더 내려라 흘러라 박수만 치고 있었다 기억이 난다 나는

박수만 친 것이 아니야 발끝으로 탁탁탁 아 탁탁탁 나는 나는
박자를 맞추고 있었다

너는 시퍼런 눈물을 흘렸다

살이 뭉개졌다

나는 와인병 오프너를 찾았다 퐁 터지는 그 병의 경쾌한 휘파람
소리에 등줄기가 찌릿했어

너는 시퍼런 눈물을 흘렸다

이제는 안구가 짓물렀다

아쉽다 어쩌겠어 울지는 마

너는 시퍼런 눈물을 흘렸다

나는 나는 이 나는 이 건전하고 말이야 전봇대같이 우뚝허니 잘 서있던 내가 말이야 기다렸어 그 짓무르는 시간들을

쉬웠나보아 괜찮았나보아 그것이 편했던 모양이야 양심.

그래 그리움

너의 시간들이 울고 뛰고 구르고 땅을 치는 절절함이 말이야 과했던 모양이야

지구가 돌아 빙글빙글 나와 함께

너는 시퍼런 눈물을 흘렸다

너는 시퍼어런 눈물을 흘리며 공기를 휘저었다 휘적휘적 잡혀라
내 아들아 내 아들아

봄이 온댔지

두 번 온댔지

아니 열 번도 온다

아들이 웃어요 어머니

어머니 어머니 내 어머니

휘적휘적 잡으려고 해 퍼런 퍼런 퍼런 공기를

어머니

딸이라서

어머니 서른에 무 서우셨더랬다

어머니 마흔에 무 서우셨더랬다

어머니 오십에 무 서우셨더랬다

어머니 환갑이 무 서우셨더랬다

어머니 노파가 되어 덩그라니 무서우셨더랬다

나는

서러웠다

연인아

이별하다

동그라미에 줄을 그었다

무지개같이 반원이 두 개가 생기어 이거 재밌구나 싶어 줄을 두 개 그었더니 아니라고 NO 한다

보기가 안 좋구나 줄 두 개를 더 그었더니 세모가 둘이다 재밌네 한 개 더 긋자 세모가 넷이다

긋고 또 긋고 하다보니 프랙탈이다 정밀정밀하게 일목요연하게 이유를 달고 세모가 늘어난다

세모세모세모 세모세모세모 세모세모세모

무한꼭짓점이 늘어난다 그 작은 원 안에

놔둬도 새끼를 친다 계속해서

세모세모세모 세모세모세모

세모세모 세모세모

세모세모

세모

아직도 세모가 새끼를 친다 하루 세 번 밥을 먹고 나서 들여다
보면 다시 세모 또 세모 몇 개인가 세어보니 동그라미가 없다

모서리 세 개가 소용돌이친다 휘몰고 돌아다닌다 원 안에서 빙글
빙글 빙글빙글 세모가 춤을 춘다 생채기가 튀기는 줄도 모르고

세모가 춤을 춘다 삼박자에 맞추워 춤을 춘다 추워추워추워

이제 그만 세모의 손을 잡아보았더니 아프다 나도 눈물이 나

원이 운다

웃겨서요

겨울이다

여름이다

아. 봄이다

또 가을이냐

사계절이 뒤죽박죽이다 나는 그대를 그 자리에 두고 돌아섰는데 계절은 계속 미련 맞게 흐르기만 하고
당신은 결혼을 했다고 한다

아물어지지 않을 거면 어쩔 거야 그렇게 우리가 모르는 사람이 된 지 십 년인데

무어라 불러야 할까 누구 씨. 누구 님. 아니면 저기요

스물 셋 내가 밤에 정동길을 달렸어 길을 몰라 취객에게 물어보았지 가방엔 경황없이 필통이 있었는데

바빴나봐 내가 그때 너를 잃을까보아 뛰고 또 뛰었지 서울을 종단을 했어

비둘기가 날아 지금도 시청 앞 광장에는

나는 비둘기를 잡으러 뛰어가는 청소년은 아니야 헌데

아마 그때 나는 비둘기를 못 잡았을 거야 당신이 내 뒤를 졸졸 쫓아 구경하던 내가 말이야

그래 계산을 잘 마친 거예요?

우리가얼마나웃겼는지알아요사랑한다며눈물콧물다빼놓고는결국엔당신은가난하고나는배경이복잡한여자라헤어진겁니다

실연매뉴얼

노래를 불러
샤워하며 떨어지는 물을 발라
얼굴에

자 노래를 크게 불러
비누칠을 해야지 거품을 북적북적 내
얼굴에 얹어

울지 마

세수를 해야지

다 타 버린 식빵같이 보이는 건 오늘뿐이야

어디 보자 말갛게 잘 씻겼나 코만 빨갛네

식탁 앞에 앉아

밥그릇에 밥을 담아 접시 말고
포크 아니야 수저를 꺼내 젓가락만 대충 또 꺼내지 말아

울지 마

밥을 먹어야지

옷장을 열어
안 입어본 옷을 꺼내 그동안 입던 건 버려
아니 그 옷 말고, 그건 걔가 너더러 이쁘다던 옷이야

나가야지 밖에

끝난 거야 알겠어

삼십

오선지를 그려봐

높은음자리를 그리고

가장 높은 음을 찍어 숨을 들이쉬고 뱉어 그 음정을

미간에 머리꼭대기에 올리란 말이다 목 안쪽이 저리도록

가능하면 아. 하고 가사를 넣어

박자가 어려울 텐데 괜찮아 손으로 가슴에서 살짝 왼쪽을 짚어

눌러봐 아프지 내 탓이오 내 탓이오 내 탓이오 세 번을 쳐보라구

무덤덤해질 때까지 쳐보아

그게 박자야

달 세뇨를 넣고 싶어? 그건 포기해

대신 가사 기억하지 아, 하고 적어 넣은 가사 말이야 그걸 정해진 박자대로 틀림없이 계속 불러 주우욱 불러 마지막 장 악보까지

곡명은 아무래도 상관없어 이제 접는 거다
설키고 얽히고 더듬어가고 넘어지던 시간들을 불러제끼고 나와 거기서

서른이다

연서

보고 싶어 혼이 났습니다
혼이 나가며 길을 물어물어 찾아갔습니다
갔더니 모르는 사람이 앉아있습니다

죄송합니다 잘못 온 거에요

하고 돌아섰습니다

보고 싶어 혼이 났습니다
혼이 나서 빈몸이 되었습니다

죄송합니다 이젠 저도 잘 모르겠어요

하고 주저앉았습니다

보고 싶었습니다
그 서른 살이 그 스물다섯 살이 그 스물세 살이

언덕위에 올라서서 콩알처럼 보이는데 눈썹까지 선명한 그대를
보고 서 있자니 곁에 계신 분이 미지근한 목소리로

“불러보겠느냐”

하였습니다

부르고 싶어 혼이 났습니다
혼이 나서 빈목이 되었습니다

죄송합니다 저는 부르기가 싫어요

저 사람은 가난하여요

프로젝트

질병이란 무서운 것이다 사람을 못 쓰게 만들어 세상에 그럴 수가 있어 나는 정말 착한 아이인데

의사가 두 달간은 꼼짝을 말라고 했잖아 얼마나 중요한 일이 첩첩 쌓여있는데 날더러 두 달을

속이 상해 집으로 돌아오는 길에 사천 원짜리 커피를 시켜놓고 앉아 노트북을 열었어 옷이라도 새 걸로 따뜻하게 입을까 회사에는 뭐라고 말을 하지 일단 쉬어가며 생각을 해보자

기가 막혀

남자친구는 나랑 삼 년을 사귀어놓고 이제와 성격이 안 맞고 비전이 안 맞고 사랑하니까 보내준다면서 좋은 사람을 만나래 자기는 사랑과 결혼이 자신이 없다고. 없다고 그 자신이 그런데 결혼식은 다음 달이라고 하더군

이해가 되는 거야 이 상황이?

질병이란 무서운 것이다 사람을 못 쓰게 만들어

흐느적거리는 팔을 주섬주섬 작년에 사서 올해 매일같이 입던 코트에 집어넣고 집으로 가는 길 위에서 닦기 싫어 내버려둔 흠집투성이 오래된 구두를 신고 걸어 아파죽겠는데 이놈의 감기 어디로 들어온 거야 바이러스는 내가 손을 안 씻었어?

끝난 건가

아 사랑이라는 거

그 프로젝트 말이다

회복실

누가 그래 내가 상처의 바다에서 헤엄을 치더라고

오늘 아침밥 먹고 까먹었어 대충 이래서 실망이야?

뭘 기대한 거야 질질 짜다 화석이 될 줄 알았나

인생 표 하나 구해서 가는 길이야 왜 뒤를 돌아봐 대전에서 내
리겠다고 대전이 늘 거기 있겠냐구 남의 대전이야 나 죽어도
그리고 난 부산을 가는 중이야

사실은 아침에 해가 뜨자마자 울기도 했었다 그래 내가, 얼마나
가슴이 절절하게 아팠던지 세상이 또 왜 그리 잔인했던지 모른다

제압하려고 했었지
이겨보려고 했었어
자리가 높으면 극복을 할까 아니면 돈이 많은 사람과 결혼을 할
까 모두모두 다 해본 시도인 거야

그런데 그거 알아

창피했던 거다 상처야 날개자리가 되거라 소다수를 들이붓고 보글보글 솟아오르는 거품을 보며 말을 걸었어

솟아라. 터져라. 그리고

세져라

거북이 달팽이 지렁이 민물장어 연어가 되었다가 하루는 승냥이도 되었다가 어느 날은 늑대가 되어 고향으로 향하는데 웃긴 건

누가 알아 내가 거북이라든지 달팽이라든지 그냥 난 버스타고 집에 가는 여잔데

얌전하게 조용하게 보통으로 밥을 먹어

세상을 놀래킬 생각은 하지 말고 밥을 먹어

걸어야 가는 거다

사춘기야?

한 줌 재가 되어 흩어졌으면 했었다
그땐 그게 미덕이었다 책에도 나와 내려놓으라고
어디까지 흩어질까 최북단 최남단 어디까지 가야 면죄부를 줄 건데

죄. 무겁고 무섭지

자 우리, 다른 얘기를 해보자 그 사람이 정말 눈처럼 결백하냔 말이다
아니라고 억울하다고 지금이라도 한 대 시원하게 날리고 싶다고
고백하는 건 어렵나
복수. 번거롭던가

나 홀로 남게 됐었어 세상에 피해자가 키가 작으면 못 써
다 도망가잖아 세월이 지나면 정의는 밝혀진다, 속절없는 희망이야 다 날조된 이야기야
응보 말이다. 그거 서비스가 아니거든

차 키 어딨나 찾아봐 호주머니?

아닐 거야. 너는 차가 없어 왜인 줄 알아?

미덕이 널 가둔 거야 그 두 다리 사이에. 가랑이 사이 말이야

다시 생각해보자 아직도 한 줌 재가 되어 흩어질 정도로 결백하고 싶은 건가 죄가 그렇게 무거워?

집에 가는 길에 우측 첫 번째 골목으로 들어가면 주택가 사이에 소담스레 자리 잡은 성당 하나 있어 그 앞에 성모상이 활짝 반겨줘

사과할 거야 누구한테

그 앞에 촛불 우글우글 있잖아 옳거니 잘됐어 너를 태우면 되겠다 자. 태워. 태워. 태워. 너 말이야 그 사람 말고 너.

손가락 하나만 넣으면 그 모든 결백이 진짜로 재가 되어 세상에 흩뿌려지고 네 순백한 영혼이 증명이 될 거란 말이다

진짜로 정말로 누군가의 심장 정중앙에 단도라도 찔러넣어 보고 나서 지금 여기 온 거지 그렇지?

우물쭈물 뭐하는 거야 어서 태워 넌 유죄야

하느님이 얼마나 무지막지하게 예민하신 분인데 그 죄를 그냥 두겠어 타서 날아가 그분한테

진심이잖아

이별장

개가 한 마리 있었어
진도에서 왔다고 그냥 진도였는데
등굣길에 날 따라와서 저리가 저리가 하면 가는 시늉만 하고
결국엔 어찌 알았는지 우리 교실 창문 밑에 와서 꼬리를 흔들었어

가라고 가라고 하면
그럴 리가 없다 이상하다는 표정으로
다시 한 번 뚫어지게 날 정면으로 응시하고 나서 체념을 해
돌아가는 발걸음이 재지도 않어 덜그럭 덜그럭 꾹 다문 입으로

오줌을 싸던 새끼 때에도 싸자마자 나 쌌어요 울며 나를 불렀어
제 새끼를 낳고 그 새끼가 죽어갈 때에도 서럽게 울며 나를 보았어

우리 헤어져요

사랑이 뭔지 개만큼이나 알아?

그보다 어릴 때 키우던 개가 두 마리 있었어 수컷 이름은 장비였다고
제 배우자 얄숙이를 두고 어느 날 입양을 갔어 개를 잃어 슬픈 약국에
약사는 하얀 수염 인자한 할아버지야 자식같이 장비를 키워주셨지
나는 하굣길에 소시지를 사서 장비가 있던 너른 집 옥상에 가 먹였어

그리고 장비는 며칠 뒤

다리를 다친 채 우리 집 마당에 다시 와 얄숙이와 있었어

물을 주니 일어나지도 못하고 간신히 허겁지겁 마셨지

장비와 얄숙이는 시키지 않아도 내가 외로이 혼자 집에 있으면

곁에 와 앉았어 죽을 때까지

연락하지 말아요 우린

저울질이야 개도 안하는

사랑합니다 그대

너를 잡을 것을 그랬다 골목마다 돌아서서 벽을 붙잡고 가쁘게 숨을 혼자 들켜 쉬며 심장을 쥐어뜯었다

아아아아악 나는 너를 잡았어야 했다

절규를 하면 이제와 허탈하기만 하지 하늘이 두 쪽이 날 것은 아니야 아 내가 이 나는 이 몸 안의 생생한 나는

너를 잡을 것을 그랬다

넘어지던너를혼자울던너를그러다가벽에머리를찧던너를도망가던너를무시핍박하루세끼밥먹듯이당하던 너를 너를 너를

그 너를

이마에 숫자가 매겨질 적마다 너를 찾았다 훼손되지 않은 면보자기 안의 너를

그래 태어나보니 나라도 없고 나는 사람도 아니고 나랏말은 요상했고 내 꿈 내 꿈 밤마다 꾸던 나의 꿈은 손가락 사이 물같이

빠져나가고 빛이 바래고 모두모두 허탈하기만 하지 하늘이 하루에 수천 번을 변해도 내 표정 하나 바뀌는 건 세상이 알지를 않어

답답하지를 않아요 그대 나 우리 너희들 이 나라가 말입니다

월급날을 기다리지 말아요 당신

물어보아 첫 번째 골목에서
힐난을 해보아 두 번째 골목에서
소리를 질러 세 번째 골목에서
나는 누구다 주장도 해보아 마지막 골목에서

마흔이요 당신

아아아아아아악 나는 너를 붙잡아야 했었다

네가 삼켜지기 전에 그 전에, 아 너의 마지막 땀방울이 땅에 흐드득 떨어지기 전에

몽골을 알아 땅은 너르고 비는 가끔 오는 그 땅

저 멀리 러시아를 알아 땅이 너르고 사람이 힘이 센 그 땅

아느냐고 저 너른 땅들을 네가 삼켜진 이 반도의 어디 한구석이 아니야

골목이 돌아서서 달음질치라 옛소 기다리더군 그대

두 번째 골목 앞에서 너를 막아섰어야 했다 나는 세 번째 골목에서 네 발을 걸었어야 했어 마지막 골목에서 나는 네 머릿채라도!!

땅이 너를 삼켜 모래를 만들기 전에

귤마담 탱자까페

귤마담이라고 있었어
예전엔 오렌지였다고 해

나는 완전 둥글한 그런 여자였어요

귤마담은 어느 날 보이스피싱을 당했어
오백만 원을 인출당한 거야

겸손해졌어요 나는 적당히 납작하게

귤마담이 시골로 내려와 탱자까페를 만든 뒤
마당에 감나무를 심었대

노오랗고 발갛게 익는 것이 마치 자식 같아서요

귤마담이 해마다 탱자까페에서 곶감을 말려
할머니들이랑 그걸 널고 말리고 나눠먹는 거야

귤마담이 그러다 어느 날 귤색 얼굴이 돼서
응급실에 실려갔는데 말이야

옆에 누워있던 탱자까페 옆 설탕빵집 주인
장가 못 간 노총각 레몬이가 이렇게 말했대

반가워요 이렇게라도 가까이 보게 돼서

귤마담은 당황하는데 레몬이는 계속 말을 했어
우리 링거 다 맞고 나가면 함께 산책이라도 할래요?
이렇게 시어빠진 나라도 괜찮다면

그러자 귤마담이 이렇게 말을 했어

아니에요 나도 달기만 하지 않아요 알고 보면 난
속에 씨도 가끔 생기는 오래 산 여자에요

여튼 그날 이후로 탱자까페에는 레몬이가 와서
곶감을 널어 말리게 됐어

감나무 밑엔 그 둘의 아이들

보이스와 피싱이 놀지

줄리엣 잃어버리다

소소하게나마 괜찮았어 달이 바람에 붙잡혀서 나무 위에 걸리우던 때였는데

우리는 얼굴에 빗금 하나 그어지지 않은 파란 청춘이었는데 말이다

바로 내일 닥칠 도둑을 준비 못한 거야

손에 몽둥이를 쥐었지

들어온 놈을 힘껏 패주었어

피가 낭자하게 방 안에 가득차고서야 책으로 둘러싸인 사방에 튀겨진 피를 보고서야

알아차린 거야

맞은 놈을

연인아 내 연인아 흐느끼고 원통하여 그 얼굴 벗겨내자마자 통곡을 시작했지 나는 당신을 그래 당신을

도둑놈인 줄을 알고 패주었어 내 힘을 내 자리를 내 이름을 아, 내 집과 차를, 영생을 말야 웃기지 영생을

훔쳐가던 도둑놈인 줄을 알고 패주었어 어찌 이런 감히 무려 내 그것들을 말이야 훔치려 들어 이 도둑이

숨이 끊어져가던 그이를 붙들고 아무 말이든 나오지를 않아 짐승같이 언어 없는 소리로 울부짖기만 하였어

해가 떴어

방문 사이로 핼쓱한 햇살이 들어왔어 말라붙은 그이의 적갈색 자욱이 얼룩덜룩한 뺨을 비추었지

나는 기침도 하지 못했어 더 하다가는 폐가 튀어나올듯 울컥울

컥 불규칙하게 요동을 치고 있었거든

잘가요 말을 무엇 하러 해 우리는 폐기된 거야 도둑이 누구야 그것이 무어야 상관이 없었어 끝이 났어

장의사를 불렀지

연인 잃은 나를 보고는 아무것도 묻지를 않아 설마 내가 살인자인 줄을 몰랐던 거야

경찰이 왔어

위로를 하였지 젊어 혼자된 나를 측은히 여겨주었어 딱히 의심을 왜 하겠어 나는 솜털 안 빠진 아가씨

땅에 묻었어

핼쓱한 해가 물러가고 한숨 쉬는 달이 번쩍 떠올라 나를 다시 마주했지 바람도 숨을 죽이고 나뭇가지도 얼어붙은 그 자정에

몽둥이를 쥐었어

찬찬히 들여다보았지 친구가 연인이 선생이 어미아비가 나에게
남겨주었더군 피에 절은 머리카락들을 굽은 것 편 것 다양해

줄리엣 나를 불렀어

도둑이 무어야 물어보았어

도둑이 무어야 물어보았어

마흔에

절름발이 하나 먼저 간다

옆을 보아 팔 없는 이가 물끄러미

흙먼지가 자욱하게 일어나는데 비는 안 내리고

가로수들도 흐느적이며 갈색 노란색 이별을 얘기한다

차가운 가을공기가 뺨을 스쳐도 그대 팔 위에 내 손이

이십대에 희망이 있다고 누가 적어놓았는지

우리는 한없이 여린 연인들

지붕도 없던 날들

다시 길 위에 절름발이 등짝을 보며 메마르고 후텁한 공기를 귓

등으로 스치며

앞으로 앞으로 가는데 말이야 옆의 팔 없는 이가 소금기를 풍긴다 울며 그 마른 뺨 위에

눅진눅진한 소금물을 두 줄기, 세 줄기, 마구 흘려내보낸다

몰랐던 모양이야

사랑 후에

뼈도 살도 없어지고

네가 세상이 남지를 않아

우리 그렇게 지나치는 중임을

나는 당신 손을 잡지 않을 거예요

그만 울어요

절름발이 저 양반 등이나 바로 보며 걸어요

목표가 지금은 저것뿐이야

여전히 실연

그만 울어

괜찮아

들썩이던 머리카락 그리고 등허리를 내려다본다

문을 걸어 잠근 다음엔 문고리가 으득으득 떨며 울었지

쉿 그만 울어

가을이라서

아니 크리스마스라서

중요치 않아 그만 울어

아프지 그래

지난 거예요 시간 추억 사람 화석같이 머리카락만 남기고

옷을 벗은 거야

서른아홉에 너를 내렸어

귀치않았던 거야

하아 그대의 손가락, 그 살냄새 뭐랄까 그 짓무르고 애가 닳고 그립던 그 밤 그 거리 그 시간들이

꿈인 거야 그냥

됐어 이제?

사랑이 마감이 된 거다 마감이야 서류가 마감되듯이 가스수도전기가 끊기듯이 그렇더라구

똑똑 문 두드리는 소리가 나는 귀치않았던 거야

우리가 울었어 많이 울었지 대단한 것 같지 않았어? 사랑이 참 그 심장을 가로 세로 다 도려내는데 웃기는 일이야

모양새가 썩 좋질 않은 거야 왜냐면 다시 만난다고 쳐봐요 얼마나 흉한지 그대 그 면상이 어깨가 굽은 등이 말이야

로맨스.

되겠냐구 지금

소비하지 말아요 다 태우지 말아요 그렇게 막 달리지를 말아요 영원 그 하루 같은 마음에 배팅을 하지 말아요 그대

사랑이 변기에 넣고 내려지는 그 잔인함을 봐야겠냐구

눈물 떨어지는 소리를 들어봤나 두꺼운 종이 위에 둑둑둑 떨어져 그게 그런 소리가 둑둑둑 둑둑 둑둑둑 들으면서 더 울어

시 쓰지 마 문자도 보내지 마 울지도 마 기억도 하지 마 괜찮아 귀치않은 거야 화도 내지를 말아 누구에게 상의도 말아 되었어

세어봐 그 놀음이 얼마나 지리하게 한 번 두 번 한 번 두 번 뭐 처음엔 다 니가 처음이고 이 마음이 처음이고 그 전 거는 다 가

짜야?

그 배설의 시간들

이름 석 자 무거워 화장실에 숨어 울던 그 시간들 위에 선불리

뭐 사랑이다 추억이다 됐다고 이제 그만

정동길, 우리 둘

놓고 나온 줄 알았습니다

한 겹 벗은 줄 알았습니다

온기가 가신 줄 알았습니다

가을이고 봄일 때 잡던 약간 버석한 그 손바닥이 나는

춥지, 하며 내 귀와 볼을 감싸던 그 따뜻한 손이 나는요

이제는 가짜다 허위다 환상이다 그렇게 믿었습니다

어쩌면 그렇게 멀쩡한지 등 뒤에 다시 우두커니 서서 어깨 위에
툭 하고 얹히던 그 손이 당신 목소리가 억울한 두 눈이 누구야
아무개야 얘야 당신 그대 부르던 목소리가 나는요

죽고 없는 줄 알았습니다

마음이 시퍼렇게 살아 칼등으로 쳐보고 발로 밟아보는데요

달이 수도 없이 뜨고 지던 하늘가에 억울해요 억울해요 나는 헤어지고 억울하여요 뜨지도 지지도 못하고 남아있다고
줘담을수가없어요나는

생가죽을 벗겨내듯 여기 이 자리 십 년 만이어도

벗겨진 살가죽만 후줄근하게 두 손에 들려있습니다

벗은 줄을 알았어요 한 겹을

벗어

그만 가라

꽃길을 갔으면 좋으련만
도담도담 아프지 마라 이름 불러준 아들이
눈비 내려 질척질척한 길을 가는 어미인 줄도 모르고

꾸물꾸물 울려고 해 아픈 것을 아나봐
제 어미는 아픈 것을 알까봐 혼자 앓다 갔는데
무덤도 부족해 나무 밑에 묻힌 어미가

죽는 그날도 돌잔치를 못해서
울다가 갔을 텐데

도담아 엄마는 혼자 가서 미안해

도담도담 아프지 마라

꽃길 아니라 눈길을 간 친구야

네가 가도 시퍼렇게 멀쩡한 세상이다

천국통신

긴 나날들이었다 따뜻한 창이 넓은 카페에 앉아 교만을 증류시
켜 만든 시커먼 커피를 주먹이 두 개는 들어갈 것 같은 잔에 담
아서

옆에 누구 앉히지도 않고 혼자서 홀짝대다 음악에 몸서리를 치
며 그 시간을 휘젓고 마시고 온몸에 치덕거리고 발랐더랬다

혜화동에 배스킨라빈스라고 있다 죽은 친구 명희가 날 찾아내
기어이 나오라고 했던 그 횡단보도 앞의 아이스크림 가게

거기서 그 친구도 만나고 첫사랑도 만나고 그랬더랬다 하나같이
눈이 맑아 사심이라고는 찾아볼 수 없던 뻔한 종족들이라니

나는 구두를 신지 않아 그리고 핀을 꽂지를 않아

북이 되어 울렸으면 좋겠건만 그 사람들이 듣게

시간이 시대가 시절이 너를 울려서 보냈구나 싶어

혼자 있던 그 노오오오란 햇빛 아래 그 자리가 이젠

좁고 천하고 춥고 부끄러웁기만 하는데

커피가 쓰냐 네 볼을 타고 흐르던 눈물이 쓰냐 묻자

무얼 그리 허망한 것을 물어 나 있는 하늘엔 커피 없어

바보야 강남역 스타벅스에서 너랑 있을 때에도 커피는 안 마셨어 너 혼자 마시고 너 혼자 기뻐하다 절망하는 나를 두고 바쁘다며

먼저 일어났잖아

거긴 눈이 오냐

여긴 맨날 봄이다

가을에 멈추다

마당을 걷다 문득 추워졌습니다

방으로 들어왔지요 그런데

기침이 멈추지를 않았어요

아이스크림 가게, 횡단보도 앞의 그 분홍친구가 떠올라서

엔젤핑크 뺨을 해가지고는 살짝은 힘이 든 얼굴로

“얘야”

하고 나를 불렀던 추울까 말까 했던 가을이

“이 사람”

기관지가 울컥 쥐어짜서는 뒤돌아서서 움틀어오는 기침을 눌러

앓힙니다

약이 듣지를 않아요

이 약 저 약 다 먹어봐도 이 친구가 뱉어지지가 않더라구요

이 사람이 기어이

마음에 묻혀 뼈 속에 스미었나봅니다

“따뜻하냐”

김이 살살 오르는 커피 한 잔을 들고 마당으로 나갔습니다

간질간질 목구멍을 타고 오르는 기침의 손가락을 커피 한 모금으로

“따뜻하냐”

대학시절 입던 점퍼를 꺼내들었습니다 입어보았더니 그대로야

고운 촉감 도톰한 안감 바랜 색감이 그대로야

따뜻한 커피잔이 오묵하게 손에 담기고 손등을 덮은 점퍼소매 자락에

반갑다 마주 보는데요 비린 기침냄새가 여전히 쿨럭쿨럭해요

"춥냐"

"따뜻한 물로 목욕이라도 할까?"

"더 따뜻한 우리 집 방 안으로 가자."

토닥토닥 말을 건네어 보는데 갑자기 퉁명스러워진 이 친구가

"무얼 물어 무얼 물어 나는 가지 못하는 몸이다 알지를 않니."

꿈에나 나오던 이 사람아

나이를 먹지를 않아

마당에 서서

서른

서른하나

서른두울

미안해 이 친구야

딸깍거리는 그 하얀 두 발을 집어넣어요 그만

나 혼자 여기 서서 마흔이 되었어

빗방울이 이마 위로 후둑

살짝 웃는 하얀 얼굴이 툇마루 위에서 새신부마냥

그만 처마 밑으로 들어와 이 사람

강이 흘러요 이 친구야

시간이 지루허니 늘어져서 하늘이 멀어

자정에 전화해줄래요

지금 걸어줄게

마중을 나와줄래요

몇 분 뒤에 도착이야?

웃지 마 이 친구야

그만 처마 밑으로 들어와 이 사람

바람이 둥실 지나가는데 구름이 잡히기 전에 허둥지둥 달려나가

그만 처마 밑으로 들어와 이 사람

발이나 집어넣어 이 친구야 하얗게 질린 그 발

강이 흘러요

아흔아홉이면 건널까 몰라

이마를 닦아 이 사람

닦아봤자 짓무른 눈이야 이 친구야

그리워

닳아빠진 문이 열렸다

하얗고 가느다랗고 짤막한 손가락이 문고리를 돌렸다

모친은 사과를 가지런히 깎아 내어오셨고 아해야 친구야 내 순수친밀한 이웃그대야

“어머니 감사해요”

소담한 다리 두 쪽을 일으켜 세웠다

내 심장 천 갈래 만 갈래로 찢어내는 이 친구야

독주가 한 병이랬지

와인이 큰 걸로 한 병이랬지

아니면 금식이 사흘이었을까

당신이 문을 열고 오는 때가 그러했었다

나는 술을 끊었어 밥을 세 끼 다 먹었더랬지

심장을 붙여놓아야 내가 살지를 않아

꺼이꺼이 울면 뭐해 팔락대는 그 뛰노는 심장껍데기 자락을 누가 붙여놓을 것인데

너는 세상을 잃었다

너는, 손을 잃었다 그 육신을 잃었다

그렇게 내 한 번뿐인 이름 석 자 붙여진 삶에서 퇴장 퇴장 퇴장, 나에게 퇴장을 외치고는

"억울하오"

한 마디 남기고는

이 나쁜 친구야

와인 한 병에 그대가 나를 찾아와 하이얀 하이얀, 핏기 없는 손가락 다섯 개로 내 방문을 열어제껴

"억울하오"

또 읊조리는구나

나도

죽을 것 같소만

아, 하느님

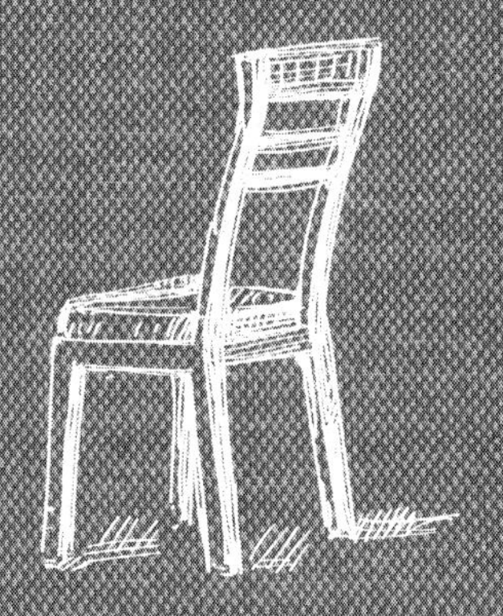

아 골방마리아

그래 너네 마리아를 믿는다니 이단이구나
밥도 한 술 뜨지 말랬다 말씀!에서
동상까지 세우다니 미친
마리아는 사람이야
신이 아니야

저것 봐 옜쑤! 하나님 아들 저기 매달렸네
저게 신이야 어디서 말씀!도 모르는 게
마리아는 동네처녀였다가
하나님이 옳게 봐줘
애 하나 잘 낳았지

내가 마리아 부르며 기도할 때 당신네들 십자가가 부러졌소?

아 차디차 골방에서 이게 몇 해의 세월인가
기도는 골방에서 하라더니 들와보니 쫓겨난 마리아가 여기 있네
반갑다 찬 발에 입 맞추고 기도하자니 문 밖에 돌 맞아 떨어지

는 소리

이 여자를 태워야 그대들 마음이 후련하겠소?

마리아를 내어주고 십자가에 매달아 저들 좋으라 태우게 놔뒀지
타닥타닥 바스락바스락 마리아 타서 하늘로 날아가네 거믄 재
되어

이젠 정말 큰일이다 마리아 하늘에 갔으니

누가 죽였냐 물어보면 대답소리 거창하게 할렐루야 장막을 찢어

숨결

사랑은 소나기와 같고

학문은 기후와 같고

신앙은 공기와 같아서

걷는 걸음과 호흡에 배어있어, 피할 수가 없고

어느 하루 반성을 안 할 수가 없고

어느 한순간 부끄럽지 않은 순간이 없으며,

일 년 일 년, 살아도 어른이 되지 못하고

뛰고 던지고 들어보아도 어린아이 장난만 같아서

하늘아래 한 뼘 그늘도 만들고

땅을 밟아 다져도 보고

내 것이라 사기도 하고

독한 마음으로 주인이 되기도 합니다만

올려다보면 모골로 불어드는 바람은

그저 그분의 숨결이었습니다

허우적대지 말고

이상하외다 신이 기집과 놈이어서 둘이 사이는 좋았더랬소?

아닙니다 어르신 그 애기가 아니라 남자 신이 있었더랬습니다

역시 이상하외다 그 신이 말이야 사내였다고 그런 소리를 뉘가 해서?

저기 어르신, 그래 여신이라고 이름을 붙이지 않았더랬습니까?

글쎄 그게 이상하외다 신이든 여신이든 그게 성별이 보이더라니 괴이한 일이지

동아줄을 내려라 동아줄을 내려라 산이고 들이고 우리 남매 핍박만 하여이다

신을 부르셔요

해야 달아, 아 하늘아 동아줄을 내려라 뒤로는 호랑이 집에는 부지깽이가 무서웁다

신을 부르셔요

이 바다를 건너게 하여주십사 내 뒤로 떼가 길게 늘어진 탈출민들이 있습니다

신을 부르셔요

그래 치마를 둘렀더랬소 이상하외다

아니 바지를 꿰었더랬소 이상하외다

괴이한 일이 아닙니다 어르신 옛날 옛적에 아빠아빠 조물주가 계셨는데 글쎄 어미를 내쫓고!

이상한 일이라고 하지를 않아 그 신이 글쎄 바지를 꿰었던 걸 누가 보고 만졌더랬소!!!

이 젊은 양반. 이 파란 얼굴 양반. 질려버렸군 춥소?

나는 할비요 나는 할미요 나는 목수요 나는 어부요 나는 사기꾼이요 나는 정치범이요 나는 투옥이 됐소

그래 이것이 무엇이요

설명코 단언코 이것은 줄이요

잡아라 이 동아줄

대천사 미카엘 가출하다

어느 날 선뜩한 새벽에 기도하다 지치고 쉬어빠진 내 몸뚱아리에 꿈이 들려졌는데

나즈나즈막한 목소리가 귓가에 음정 빠르기가 느껴지지 않도록 얘기를 하였다

삼십. 삼 년을 살아야 비로소 너는 알게 되리라 하였다

아 주님이십니까? 저는 저입니다

여쭤보기도 전에 따뜻하고 안쓰러운 그 마음이 나를 떠나갔다

8년 사막을 건넜다 나는 그 뒤로 사막에는 물이 없다 내 피를 마셔 더 마셔 또 마셔 그렇게 마시면서 건너왔다

나무인 줄 알고 걸터앉았더니 나무인 척 하던 선인장이어라 내 등짝에는 가시가 움푹움푹 파고 들어와 뽑아내려 하면 더욱 파

고들어

울지도 못하였어 그 눈물이 내 척수액까지 말라붙일까 하여

아 이제 오아시스다 하고 허둥지둥 달려가 물을 마시면 곧바로 토악질을 하는 거다 그 물이 이상하게도 새파랗던데 썩은 물이었어

오가다 친구를 만났지 반갑다 반갑다 참 다행이다 서로 등을 두드려주다 밤이 왔어 사이좋게 잠들고 일어나면 내 옷가지가 없어져

하느님

정의도 사랑도 이제 모두 세일즈를 안 하시는 겁니까

저번 그 목소리를 잡아끌어 턱 끝까지 멱살을 쥐고 흔들며 재차 물어봤어 나는 지불을 했다 생명 내 삶 이 내 호흡을 모두모두 다 써서 지불을 했는데 말이야.

물건이 도착을 안 해요 당신 하느님 이 양반 날 속이어?

오 그래 성경, 아니 토마스 아퀴나스, 그래 이번엔 마더 테레사, 좋아요 아시시의 성 프란치스코 다 괜찮아 책가방을 메고 나왔지

하느님 카탈로그였어 이러이러한 상품이 있으니 주문번호를 누르라고 망해먹을

걸음이 빨라졌어 나는 환불받으리라, 어쩌면 그렇게 초인의 힘이 솟아나던지 마치 미카엘 천사가 된 양 날고 뛰고 날고 뛰고

마침내 내가 사람이 득실득실 쿵짝쿵짝 매일같이 신이 난 도시에 도착했는데

그 신이 난 도시인들이 사막을 건너느라 군살이 없어지고 적당한 체격이 된 내 삼십삼 년산 몸을 보더니 웰빙식사를 했냐고

멍청한 소리들을 하는 거야 나는 그냥 하느님 이 양반 빚이나 청산하라고 할 참이라 그 말은 변기에 넣고 내렸어

가장 성당이 크다는 곳에 옆을 한 번도 보지 않고 걸었어 훼훼 자그마한 사람들을 헤쳐 나가는 건 일도 아니야 난 사막 건너온 사람.

달이 휘영청 떠 있던 그 저녁에

어떤 사제관 문이 열리고 깨끗한 얼굴의 사제 하나가 창문을 열어놓고 분노에 화르륵 떨며 심호흡을 땅 밑 천 킬로까지 내리려는 듯

내리쉬고 내리쉬고 한참이더라 홱 쏘아 올려보았지 눈이 마주친 그 두 눈동자에 무엇이 들어 있었는 줄 알아?

배신감

여긴 지옥이야 악마가 접수한 그것들의 영토인 것이다

하느님은 다른 나라에 계심이다

사막에서 하루에도 수십 번을 내가 깨닫고 깨달아서 몸서리치

던 바로 그 혁혁한 사실을 사기를 제대로 맞은 그 사제가 알던 거다

내가 이 바보병신들을 보자고 사막을 건넌 게 아니라 나는 따질 게 있어서 온 건데 하아… 한숨만 나와서

거리로 다시 나왔지 고급승용차가 멈춰서고 새까아아아만 비단으로 지은 양복을 입은 남녀 한 쌍이 내리더군

자식도 내려요제 에미애비 비단옷 같은 말끔한 머리에 반짝반짝한 구두에. 사람들이 다 늘어서서 존경하며 쳐다보더군

그 행렬이 지나가고 울부짖는 소리가 멀리서 들렸어

아까 그 사제가 울부짖으며 주먹으로 성당바닥을 내리치고 있었지 피가 나도록! 뼈와 살이 다 드러나 해골이 되도록!

아아아 하느님

나 죽어도 죽이지 못할 악을 살려두시고 분투하라 하십니까 사

막으로 저를 보내시어 홀로이 안전케 하여 주소서

나는 천국을 탈출한 거야

바보병신같이

어쩐지 어깨 뒤에 날개인지 뭔지가 후들거리다 아까 뚝 떨어지더라

하늘 땅 그리고 애기들

넘어졌느냐 하고 물으셨다

울고 있느냐 하고 물으셨다

다쳤느냐 하고 물으셨다

마음속 그 목소리 끊기는 법이 없었다 한참을 침묵하더라도

먼저 말을 걸어 나를 불러내던 목소리다

넘어졌습니다 울고 있습니다 다쳤습니다 대답을 하면 그렇게 또 침묵이었다

넘어졌습니다 대답하고는 일어났다
그렇게 얼굴을 닦았고
무릎의 피를 닦았다

아무 소리가 들리지를 않았다 그것만이 내 할 일이었다

도적떼가 있느냐 예 쫓아옵니다
강도가 너를 때리든 예 맞았습니다
옷을 찢더냐 예. 찢겼습니다
배신을 하던가 예 배신. 했습니다 혹은 당하였습니다

그래놓고 또 한동안 침묵이었다

불칼을 내려주십사 목이 메게 기도하는 일은 진작 그만두었다

배가 고파서

길을 가느냐 보면 모르십니까
저 자를 미워하느냐 밉지요 당연히
죽여야 속이 시원하겠느냐 죽여주세요 묻지 마시고

목소리는 끊이지를 않았다

강도는 푸른 셔츠를 입고 있었다 마치 성자마냥 옷을 찢던 자

는 교복을 입고 있었지 말간 학생같이 배신을 하던 자의 눈은 선량하였다 세상 자체가 코미디야

말 걸지 마세요 하느님 무슨 의도인지 알았으니까 날 여기서 훈련시켜 다시 데려가서는 그래 어떻게 살았니 내 자식아 괜히 착한 척을 할 거잖아 집어쳐요

속이 답답해 얼음이 들어간 콜라를 마시러 밖에 뛰쳐나갔다 전화기도 필요 없어 사람이 무엇인데 아니 대체 하느님 형상을 어딜 닮아 사람이 나부터도 포기한 그 형상을 제기랄

귀찮은 햇빛이 오늘도 내리쬐어 안 그래도 썩을 피부. 발에 걸그덕 하고 걸리는 이 건 또 뭐 야

푸른 셔츠다

푸른 셔츠의 걸인이다 삐요삐요 앰뷸런스가 지나간다 서둘러 닫은 문 사이로 보인다 교복자락

목소리가 헛기침을 한다 쿨럭쿨럭 큭큭큭큭큭

바쁘냐 예

다음에 보자 그러세요

수태고지

오른쪽이다 뒤돌아보지 마 수호천사가 말했다

꾹 참고 지하철에서 오른쪽 좌석 앞에 서서 누가 내리기를 그래서 좌석이 나길

기다린다 수호천사가 숫자를 센다 자 하나 둘 셋 넷, 짜잔!

학생 하나가 일어선다 나는 냉큼 자리에 앉았다

기다려 괜찮아 그 버스는 올 거야 수호천사가 말했다

150번 버스가 올 거야 괜찮아 울지 마 넌 오늘 거리에서 잠들지 않아도 돼

기다린다 수호천사가 숫자를 센다 자 하나 둘 셋 넷 하려는데 내가 물어봤다

"자가용은 안 돼요?"

수호천사가 대답했다

그건 내 담당이 아니야 나 숫자를 셀 건데 버스 탈 거야 말 거야 여기서 잘 거야?

"탈게요."

기도

재미있는 일이지요 하느님
취미가 괴상하십니다
장난을 좋아하세요
혹시 환생을 염두에 두고 이 굽어지고 패어진 스토리를 구상하신 거라면요

그만두세요

그만 태어나야 되겠습니다

죽어야, 하늘에 가면, 천국이 제 것이라고 하셨습니까

이미 여기 이 자리가 지옥인데

천국에 간들 이 기억들이

다시 새하얗게 되기에는 늦은 거예요 학살도 폭행도 배신도 취미셨습니까
아니면 전략입니까, 혹은 정책이었습니까

나는 하느님이 보이지도 들리지도 않고 이제는 그냥 헛짓거리를 한 듯
왜 내가 뺘이고 살인가 나는 왜 이 안에 들어있나 알지도 못하겠습니다

집이,

있는데요 하느님

추워요 그 안이

보일러 틀었지요 당연히

추워요 그 안이 칼바람이 들어와요 여전히

도적떼, 새로 안 만드셔도 돼요 이미 다 준비되었어요 저기 밖에 산 자도 도둑강도 죽은 자도 도둑강도 착하게 미소 지으면 되려 한 대 더 치고 웃는 저 자식들
하느님 자식입니다 저랑 형제라고 하셨지요

땡그랑 땡그랑 종이 울리면요 하느님

걔들이 죄다 그 안에 모여들어요 좋은 옷을 입고 순진한 척 약한 척 피해자인척 눈을 동그랗게 뜨고는 모여들어요 속으로는 돈이며 차며 남자며 여자며 얻게 해달라고 비나이다 비나이다 비나이다 나만 비나이다 웅얼거리는데 하느님

좋으시죠

저들은 고통을 몰라

그럼요 저만 압니다

저들은 진실을 모르지

알아서 뭐에 쓰겠어요

저들은 갈 곳이 없어

천국 데려가신다면서요

저들은 천국에 못 와

아니 왜요 지금 성체도 먹었는데

저들은 성체를 먹은 것이 아니야

하얗고 둥근 거 확실히 먹었습니다

제 뼈 제 심장 제 목숨 제 자식 제 아내 제 아비 그렇게 둥글게 빚어 먹은 것이다

하늘 그리고 땅 말이다 나는 환생이 정책이 아니야 전략도 아니고 고문이 학살이 배신이 내 취미가 아니야 나는 너의 하느님 너의 전략가 너의 응원자 너의 거기 바로 너의 목소리다 귀다

발이다 손이다 심장이다 맞을 때 따갑던 너의 살갗 울고 짓무르던 네 눈꺼풀 억울함에 몸부림치던 네 살, 뼈, 외침들이다

너는 지옥을 모른다